● 表現主題別 ●

日本語
作文的方法
〈 改 訂 版 〉

佐　藤　政　光
田　中　幸　子
戸　村　佳　代
池　上　摩　希　子

日本第三書房授權
鴻儒堂出版社發行

裝 訂・圖 畫：川　田　美　緒

照 片 提 供：著　者

序　言

　　本書是針對進階中級日語的學習者能更有效率地用文章體來書寫日語文章所集合而成的教材。

　　使用本書在做作文練習時，首先希望能注意會話體與文章體的不同之處。在本書中除了書信以外會話體的表現和容易搞混的"です、ます"體，也試圖從練習中排除。而以練習爲使用目的的會話文，是考量到能使學習者區分其與文章體間之間的差異而採用。

　　每一課，都是以書寫者想表達的意圖爲主軸，從文章機能的觀點所構成，希望以此觀點進而練習。此外，由於本書的目的是希望能給學習者在實際寫文章的時候能寫出自然且風格一致的文章，所以爲了能明確的表達文章的表現意圖，更得要留心內容的流暢度。因此關於文法和語彙，按照需要時機會不拘難易程度來提出。

　　作文的學習，乃經由數個環節所構成，對學習者也好、對指導者也好，皆要有相當程度的努力，決非在短時間內就能上手精通。我們以長期經驗能夠確定，書寫者若能有效率地培養出作文的表達能力，便能夠以一定的程度自由地將其意圖以書寫方式表達出來。作文能力的提高也是將詞彙的整合能力迅速推向另一高峰級階段，此乃無庸置疑的事實。這也意味著，作文指導在詞彙的學習上應該更加積極實行。

　　趁著本次改訂之際，將更新一些老舊的資料。希望本書爲更多的日語學習者盡微薄之力。最後，關於附錄的單字表中譯部分是由輔仁大學翻譯研究所楊文姬老師所執筆翻譯，藉此一併感謝！

執筆者一同

目<ruby>目<rt>もく</rt></ruby> <ruby>次<rt>じ</rt></ruby>

・表現テーマ別・

にほんご 作文の方法

〈改訂版〉

1 物の形・状態・場所

作文技術

評価の度合：大変・とても・非常に（いい）

かなり・なかなか

だいたい

あまり～ない

ぜんぜん～ない

位　置：～から（近い／遠い）

～から／より（10分）以内　　～から／より（歩いて）10分位

～まで（歩いて）10分位　　～まで〔10分〕以内

〔東／西／南／北〕向き

- -

その他の重要表現：

[比　較]　～とくらべると　　　　[原　因]　そのため、～

[順　序]　まず～、次に～　　　　[逆　接]　だが、～

[添　加]　また、～　　　　　　　[評　価]　～すぎる

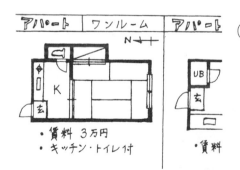

- 賃料　3万円
- キッチン・トイレ付

- 賃料

練習1　次の表現を下の文から探し、その部分に下線を引きなさい。

[～向き／～とくらべると／日当たりがいい／（40分）で行ける／～付きの部屋／～に～が付いている／近くの～／向かい]

❖　リーさんは学校でこんな作文を書いた　❖

　日本は土地の値段が非常に高い。そのため、家を建てるにも部屋を借りるにも、かなり費用がかかる。私がいま住んでいる部屋も、私の国とくらべると、かなり高い。6畳の部屋に2畳くらいの台所とトイレが付いて3万円である。風呂付きの部屋がほしかったが、高すぎて借りることができなかった。今でも少し残念に思っているが、しかたがない。風呂は近くの銭湯でがまんしている。だが、私の部屋は二階の南向きで日当たりがよく、また、向かいは公園なので、環境はとてもいい。地下鉄の駅は歩いて10分位である。学校にも40分位で行けるので、だいたい満足している。

練習2　次の場合を考えて、練習をしなさい。

[あなたは部屋を探している。部屋は駅から15分以内で行けるところに見つけたい。あなたが考えている部屋の大きさは6畳で、小さな台所とトイレはかならずほしい。できれば風呂もあったほうがいいが、部屋代が4万円以上になるならがまんしようと思う。]

(1) 次の六つの部屋をくらべて、それらがどう違うか、どれがいいか、話し合いなさい。

1.
2階　6、4.5畳
駅から歩15分
トイレ付き
月45,000円　礼金2
敷金2、手数料1

2.
2階　6、4.5畳
新築、駅より歩5分
バス・トイレ完備
月60,000円　礼金2
敷金1、手数料1

3.
1階　6、4.5畳
台所3畳（トイレ付）
駅より徒歩20分
月40,000円　礼金2
敷金1、手数料1

4.
3階　6畳、6畳
台所3畳　バス・トイレ付
駅から10分、環境
良し、月88,000円
礼2、敷2、手1

5.
2階　6畳（トイレ
共同）日当たり良し
駅より歩10分
月34,000円　礼金ナシ
敷金1、手数料1

6.
3階　8畳（バス、
トイレ完備）駅から
徒歩15分
月77,000円　礼金2
敷金1、手数料1

(2) 例のように、3と4、2と5、1と6の物件をくらべる文を書きなさい。

（例）1と2をくらべる

→1の物件と2の物件をくらべると、1は駅から少し遠いが、2はかなり近い。そして、広さはどちらも同じであるが、2はバスとトイレが付いている。また、部屋代は2のほうが1より15,000円高い。契約の時にかかる費用も2のほうが少し高い。私は少しでも安いほうがいいので、1に決めようと思う。

① 3と4をくらべる

→3の物件と4の物件をくらべると、＿＿＿＿＿＿＿＿＿＿＿＿＿＿＿＿＿＿＿＿

そして、＿＿＿＿＿＿＿＿＿＿＿＿＿＿＿＿＿＿＿＿＿＿＿＿＿＿＿＿＿＿＿＿

また、＿＿＿＿＿＿＿＿＿＿＿＿＿＿＿＿＿＿＿＿＿＿＿＿＿＿＿＿＿＿＿＿＿

＿＿＿＿＿＿＿＿＿＿＿＿＿＿＿ので、＿＿＿＿＿＿＿に決めようと思う。

3

② ２と５をくらべる

→ _____

そして、_____

また、_____ので、_____に決めようと思う。

③ １と６をくらべる

→ _____

そして、_____

また、_____

_____ので、_____に決めようと思う。

練習3　次の二つの絵をくらべてその違いがよくわかるように説明しなさい。

　※「まず、……。次に、……。」の表現を使いなさい。

(1)

a. 加藤さん　　　　b. 村山さん

まず、加藤さんは背が高くてやせているが、村山さんは背が低くてふとっている。次に、_____

_____

_____

_____

(2)

a. めがね　　　　b. コンタクト・レンズ

 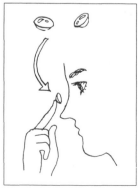

まず、メガネは_____が、コンタクト・レンズは_____。次に、メガネは自分に合う形をさがすのが大変だが、コンタクト・レンズは似合うかどうかを考えなくてもいいので楽だ。

(3)

a. 田中さんの家　　　b. 山田さんの家

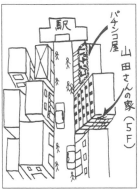

まず、………………………………………
……………………………………………
……………………………………………
次に、………………………………………
……………………………………………
……………………………………………

練習4　左の写真を見て、そこがどこか、そして、その場所の様子を説明しなさい。

(1)

自転車置場

【 会 話 】

A：すごい数ですね。

B：ええ、この辺は道路がせまいし、交通の便もよくないので、自転車を利用する人がどんどん増えているんです。

A：ちょっとせますぎませんか。それに、歩くのにじゃまですね。

B：ええ、それが今大きな問題になっているんです。

………………………………………………………
………………………………………………………
………………………………………………………

(2)

スーパーマーケット

【 会 話 】

A：1階は肉や魚、野菜などの食料品です。2階には日用品があります。

B：3階までありますね。

A：ええ、洋服や下着なんかもあるんですよ。

B：値段も、デパートなどとくらべてずいぶん安いようですね。

A：ええ、安いし、いろいろなものがたくさんありますから、私もよく利用してるんですよ。

………………………………………………………
………………………………………………………
………………………………………………………

(3)

リゾート地　山

【 会 話 】

A：ああ、いい気持ち。空気もきれいだし……

B：空の色が違いますね、都会とは。

A：この辺で1,500m位でしょうか。だいぶ来ましたね。

　　ひと休みしませんか。

B：あそこの小屋のあるところまで登りましょう。

練習5　あなたが子どものとき住んでいた家について、

① 家があった場所　② 外から見た様子

③ 中の様子　　　　④ 気に入っていた点、印象に残っている点

などを説明しなさい。（原稿用紙に書きなさい）

古い屋敷の土塀（奈良市）

6

♣ 句読法 (1) ♣

　句読法とは、文章を書くときに使う〈いろいろな記号の使い方の規則〉のことであり、日本語を正しくわかりやすく書くためには、いくつかの重要な規則を知っていなければならない。

　(1)　。(句点／まる)

　　文が終わったときにつける。

　(2)　、(読点／点)

　　文の途中に打って、文の構造を明らかにし、意味をわかりやすくする。

　(3)　文章を書くときには、以上のほかに、

　　「　」『　』（　）〈　〉・　……　──

　　などの使い方も知らなければならない。（→これらは第7課で学習する）

点の規則1　文と文をつなぐとき、接続語の後ろに打つ（接続語が文中にある場合は、前と後ろに打つ）。

○そのころ私は日本の歴史に興味を持っていた。それで、本を何冊か読んでみた。

○この靴はとてもじょうぶで、そのうえ、値段も安い。

　※次のように、名詞と名詞をつなぐときは、点を打たなくてもよい。

　　＊AまたはBを（　）の中に書きなさい。
　　＊太郎と春子はそのことを全然知らなかった。

［練　習］　次の文を「、」「。」を使ってわかりやすく直しなさい。

1．約束の時間は午後3時半だっただが彼女はなかなか来なかった

2．最初にデパートへ行ってそれから映画を見た

3．私は1年前から引っ越ししたいと考えていたそして今日やっと部屋を見つけることができた

4．その仕事はひとりでもできると思ったしかし時間があまりなかったそれで友だちに手伝ってもらうことにした

5．まずあなたの子ども時代を思い出してください次にいっしょに遊んだ友だちの顔を頭の中に描いてください

2 物事の前後関係

時間の前後関係：まず・次に・そのあと・最後に

[〜している] あいだ　　[〜し] ながら

[〜する] 前（に）　　[〜した] あと（で）

[〜して] から　　[〜し] たら

そのあと（で）〜　　その前（に）〜

[〜し] ないうちに　　〜までに

- -

その他の重要表現：

[開始時点] 〜て以来

[変　化]（動詞）ようになる

[意志・意図] 〜つもりだ　　〜（よ）うと思う

[予　定] 〜ことになっている

[推　測] 〜はずだ

[意外な展開] ところが、〜

❖ ヤンさんの日記から(1) ❖

4月26日（土）　朝から雨

　日本に来て以来、ジョギングをし、シャワーを浴びてから出かけるようになった。いつもは朝ご飯を食べる時間がないことが多いが、日曜日だけはシャワーのあとで音楽を聞きながらゆっくり時間をかけて食事をする。

　明日の日曜日は佐藤さんと田中さんと三人で映画を見るつもりだ。映画は3時半からで、3時に新宿で待ち合わせることになっている。駅から歩いて15分ぐらいの所なので、コマーシャルが始まらないうちに着けるだろう。出かける前にそうじも洗濯もやっておくつもりだ。映画が終わったら、次に田中さんの部屋でパーティをすることになっている。佐藤さんは明日までに旅行の手続きをしなければならないそうなので、佐藤さんが旅行会社で手続きをしているあいだ、田中さんと私は喫茶店でコーヒーでも飲みながらしばらく待つつもりだ。パーティーは7時ごろに始まるだろう。遅くとも10時までに帰ろうと思う。

練習1

(1) ヤンさんの日記から 作文技術 の表現を探し、下線を引きなさい。

(2) ヤンさんの日記を読んで、先にすることに〇をつけなさい。(同時の場合は両方に〇)

1. (　) ジョギングをする　／　(　) シャワーを浴びる
2. (　) 音楽を聞く　　　　／　(　) 朝ご飯を食べる
3. (　) 洗濯する　　　　　／　(　) 出かける
4. (　) 映画を見る　　　　／　(　) そうじをする
5. (　) パーティをする　　／　(　) 田中さんと喫茶店でコーヒーを飲む
6. (　) 佐藤さんが旅行の手続きをする

　　　　　　　　　　　　　　／　(　) 田中さんと喫茶店でコーヒーを飲む

(3) ヤンさんの日記を読んで次の文を完成しなさい。

① 日本に来て以来、ヤンさんは ＿＿＿＿＿＿＿＿＿＿＿＿＿＿＿＿＿ ように
なった。

② 出かける前に ＿＿＿＿＿＿＿＿＿＿＿＿＿＿ がヤンさんの習慣だ。

③ ヤンさんは明日 ＿＿＿＿＿＿＿＿　＿＿＿＿＿＿＿＿ てから新宿へ
行こうと思っている。

④ 映画を見終ったら、ヤンさんと田中さんは ＿＿＿＿＿＿＿＿＿＿＿＿ 。

⑤ ヤンさんと田中さんがコーヒーを飲んでいるとき、佐藤さんは ＿＿＿＿＿＿＿
＿＿＿＿＿＿ ているはずだ。

練習2

(1) 作文技術 の表現を参考にして、次のヤンさんの日記を完成しなさい。

❖ ヤンさんの日記から(2) ❖

5月20日（火）　雲りのち晴

　先々週の木曜日にワラポンさんから「来週の日曜日にいっしょに映画を見て、その
あと、タイ料理を食べましょう」という電話があった。最近は二人とも忙しかったの
で、本当にひさしぶりのデートだった。
　三日後の日曜日に約束の飯田橋に行ったが、ワラポンさんは30分待っても来なかっ
た。結局、映画はあきらめて、友だちへの誕生日のプレゼントを買って（　　　　）
家に帰った。待っている（　　　　）ずっと立っていたから足が痛くなってしまった

と電話で文句を言ったら、「来週の日曜日」というのは、その一週間あとの日曜日のことだと言われた。

　次の日曜日、途中で本屋に寄って辞書を買った（　　　　）、飯田橋でワラポンさんを待った。ところが、今度も30分待ったのに来ない。待っている（　　　　）にだんだん心配になってきたので電話をかけてみたら、お姉さんが「板橋の駅で待ち合わせだと言って出かけましたよ」と言ったので、びっくりした。「いたばし」を「いいだばし」と聞き間違えてしまったのだ。急いで板橋に行った。ワラポンさんは私が来る（　　　　）1時間も待ったと言った。

　二人ともすっかり疲れて、おなかもすいていたので、タイ料理を食べ（　　　　）映画を見ることにした。日本語もデートも、本当に大変だと思った。

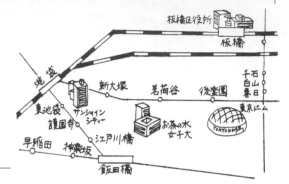

(2) 上で完成した文章を読んで、次の①〜⑩の中で正しいものには〇を、まちがっているものには×を書きなさい。

① （　　　） ワラポンさんは電話で三日後の日曜日に映画を見ようと言った。

② （　　　） ヤンさんは、友だちへのプレゼントを買ってから、ワラポンさんに電話した。

③ （　　　） ヤンさんは飯田橋の駅でワラポンさんに会った。

④ （　　　） ヤンさんは、辞書を買ってから、友だちのプレゼントを買った。

⑤ （　　　） ヤンさんは、辞書を買ってから、飯田橋に行った。

⑥ （　　　） ワラポンさんが来るまで、ヤンさんは板橋駅で30分も待った。

⑦ （　　　） ワラポンさんのお姉さんと電話で話す前は、ヤンさんは飯田橋にいた。

⑧ （　　　） ワラポンさんは、飯田橋に行ってから、板橋に行った。

⑨ （　　　） ヤンさんとワラポンさんは、映画を見る前に、疲れてしまった。

⑩ （　　　） 二人は、映画を見たあとで、タイ料理を食べた。

練習3　次の図はあなたの明日のスケジュールである。このほかに次の(1)～(4)のことをするとしたら、どこにその予定を入れるのが一番いいか考えて説明しなさい。

| 5 | 6 | 7 | 8 | 9 | 10 | 11 | 12 | 1 | 2 | 3 | 4 | 5 | 6 | 7 | 8 | 9 | 10 | 11 |

起床
きしょう　　　　授業　　　　　　授業　　　　　映画　　　　　　就寝
しゅうしん

---

(1) 銀行へ行く。（銀行は午前9時から午後3時まで。学校から歩いて10分ぐらいのところにある。）

(2) イギリスで働（はたら）いているお兄（にい）さんのところに電話をかける。（イギリスの時間は日本より8時間遅（おく）れている。お兄さんは昼間（ひるま）は仕事で留守（るす）である。）

(3) あすの朝ご飯のための買物をする。（近くのスーパーは10時まで開（あ）いている。）

(4) 友だちの山田（やまだ）さんに会う。（山田さんは毎日（まいにち）夜8時からアルバイトをしている。）

---

　a）午前（ごぜん）の授業が（　　　　　）あとで、銀行に行く。

　b）兄が寝（ね）てしまわない（　　　　　）電話をかけたい。だから、（　　　　　）たら、すぐに電話するつもりだ。

　c）山田さんは朝寝坊（ねぼう）だから、（　　　　　）前に会うのはちょっと無理（むり）だろう。私は昼休（ひる）みに（　　　　　）ので、（　　　　　）てから山田さんに会おうと思う。

　d）（　　　　　　　　た）あとで、買物をする。

　e）あまり遅（おそ）くならない（　　　　　）寝る。

練習4　あなたはこの前の日曜日にどんなことをしたか。「～ながら」、「～てから」、「～たあと（で）」などの表現を使って書きなさい。（原稿用紙（げんこうようし）に書きなさい）

点の規則 2　連用中止で文がつながっているとき、連用中止のあとに打つ。

○ 国の両親に手紙を書き、友だちに電話をかけた。

○ この部屋は日当たりがとても悪く、かび臭いにおいがする。

○ 私の妹は今19歳で、大学の寮に住んでいる。

※動詞だけが短くつながっているときは打たないことも多い。

＊時々みんなで飲み食べ歌うのも悪くない。

[練 習]　次の文に「、」を打って、わかりやすい文に直しなさい。

1．上の穴に百円玉を入れ下のボタンを押し左の口から取り出してください。

2．これはワインの栓を抜くときに使うもので酒屋でもらうことができる。

3．東京は車や人が多く物価も高く決して住みやすいところではない。

4．彼ならそれを知っているのではないかと考え横浜までたずねて行った。

5．朝8時に起きごはんを食べずに学校へ行き休み時間にパンを食べる。

桜　（東京都・六義園）

3 物事の仕組み・手順・方法(1)

作文技術

順序：Aして、Bする。　Aしてから、Bする。

　　　Aする。そのあと、Bする。

　　　まず、Aする。次に、Bする。（そして、Cする。）それから、Dする。

場合：〜場合　〜とき(に)

- -

その他の重要表現：

　　　［条件］〜なら
　　　［目的］〜ために

練習1　(1) 次の文章は何を説明しているものか。（　　　　　）にタイトルを書きなさい。

　　　　(2) 作文技術 の表現を下の文章から探し、その部分に下線を引きなさい。

❖ (　　　　　　　　　) ❖

> 　この図書館で本を借りるためには、利用券が必要です。利用券は、市内に住んでいる人や市内に通勤・通学している人ならだれでも作ることができます。利用券を作りたい人は、まず、図書館のカウンターで「利用申込書」をもらって、名前・住所・学校または勤務先・電話番号などを書き込んでください。そして、借りたい本といっしょに利用券をカウンターに出してください。本を返すときは、本だけをカウンターに返します。
>
> 　図書館の利用時間は午前9時30分から午後7時30分までです。また、月曜日と第3日曜日、祝日は休館日です。図書館が閉まっている時間に本を返したい場合は、建物の外に「返却ポスト」がありますから、そこに入れてください。

貸出カード

図書館

13

(3) 本文の内容と合うように、次の文を完成しなさい。(「です、ます」のスタイルではなく、ふつう体を使って書きなさい。)

→図書館で本を借りようと思う人は、まず、＿＿＿＿＿＿＿＿＿＿＿＿＿＿＿＿＿＿＿。

そして、＿＿＿＿＿＿＿＿＿＿＿＿＿＿＿＿。返すときは、＿＿＿＿＿

＿＿＿＿＿＿＿＿＿＿＿＿＿。もし、利用時間外や休館日に本を返すときは、

＿＿＿＿＿＿＿＿＿＿＿＿＿＿＿。

練習2　(1) (　　　) の中に入る文を下の ⬚ の中から選びなさい。

[きのう、目にごみが入ってしまった。水でよく洗ったのだが、今朝起きたら目が真っ赤になっていた。痛くてたまらない。病院に行って、医者に見てもらわなければならない。]

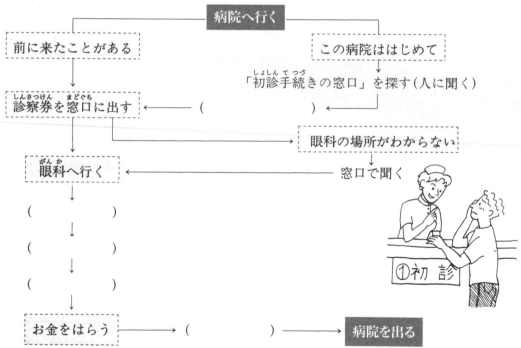

```
                    病院へ行く
        ┌──────────────┴──────────────┐
  前に来たことがある          この病院ははじめて
        │                   「初診手続きの窓口」を探す(人に聞く)
  診察券を窓口に出す ←── (        ) ←─┘
        │
        │                   眼科の場所がわからない
        │                          │
  眼科へ行く ←──────────────── 窓口で聞く
        │
      (        )
        │
      (        )
        │
      (        )
        │
  お金をはらう ──────→ (        ) ──────→ 病院を出る
```

1. くすりを受け取る。
2. 名前を呼ばれるまで待つ。
3. 医者にどんな状態か説明する。
4. 窓口で申し込み用紙をもらって、住所や名前、保険証の番号などを書き込み、診察券とカルテを作ってもらう。
5. 治療してもらう。

⑵ 前ページの手順を参考にして、「病院での診察の受け方」を説明する文を書きなさい。

→初めて来た病院では、まず、＿＿＿＿＿＿＿＿＿＿＿へ行って、申し込み用紙に書

き込み＿＿＿＿＿＿＿＿＿＿＿てもらう。

　次に、その診察券を＿＿＿＿＿てから、眼科へ＿＿＿＿＿、名前を呼ば

れるまで待つ。眼科の場所が＿＿＿＿＿は、窓口で＿＿＿＿＿＿＿。

名前を呼ばれたら、診察室に入り、医者にどんな状態か説明して、＿＿＿＿＿

＿＿＿＿＿＿＿＿＿。

　それから、＿＿＿＿＿＿て、そのあと、くすりを＿＿＿＿＿て帰る。

(練習3)　次のような場合、どうすればよいかを考え、それぞれの文章を完成しなさい。

① 台湾から友だちが遊びに来て私の家に泊まっている。友だちは、明日、成田を発つ飛行機で帰国する。荷物が多いから、先にリムジンバスのターミナルで荷物をチェックインしてからゆっくり成田へ行きたがっている。地図を見ながら、次の文章を完成しなさい。

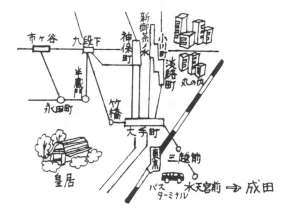

→私の家は市ヶ谷駅のそばなので、明日は市ヶ谷駅から地下鉄で神保町駅まで＿＿＿＿＿

＿＿＿＿＿、それから水天宮前駅まで行く。バスターミナルは、水天宮前駅のすぐそばだ。

荷物をチェックインした＿＿＿＿＿＿、いっしょに食事をして、＿＿＿＿＿＿

＿＿＿＿バスで成田まで行けばよいだろう。

② 私の家は、秋葉原駅のそばだ。明日、成田まで友だちを迎えに行かなければならない。スカイライナーに乗って行こうと思う。地図を見ながら、次の文を完成しなさい。

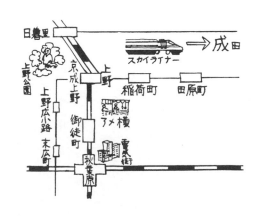

→明日は
───
───
───
───
───
───────────────────────────────。

練習4 あなたはどうやって自分の服や下着を洗濯しているか。順序とやり方を説明しなさい。(原稿用紙に書きなさい)

〔ヒント〕

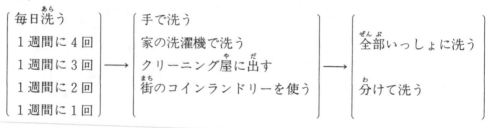

毎日洗う
1週間に4回
1週間に3回   →
1週間に2回
1週間に1回

手で洗う
家の洗濯機で洗う
クリーニング屋に出す   →
街のコインランドリーを使う

全部いっしょに洗う

分けて洗う

→
(その他)
洗剤
アイロンをかける
かわかす

♣ 句読法 ⑶ ♣

点の規則3 逆接・原因・理由・条件・時などを示す節があって文が複雑になって

いるとき、その文の構造をわかりやすくするために打つ。

○ 時間はいくらでもある<u>が、</u>お金が全然ない。

○ タクシー代がなかった<u>ので、</u>家まで歩いて帰った。

○ もし事故が発生した<u>場合、</u>このレバーを引いて列車を止めてください。

　　※後につづく文が短いときは打たないことが多い。
　　＊駅は次の角を曲が<u>ると</u>ある。

[練 習]　次の文に「、」を打って、わかりやすい文に直しなさい。

1.　説明書をよく読まずに線をつないだためスピーカーから音が出るまでに１時間
　　以上もかかってしまった。

2.　次の問題がわからなかったらもう一度１ページにもどり最初からやり直したほ
　　うがいい。

3.　先生は「今はまだわからなくてもいい」と言ったけれども早くその意味を知り
　　たい。

4.　たとえ十分なお金がなくてもあたたかい家庭があればいい。

5.　あたたかい家庭があればほかには何も要らない。

4 物事の因果関係 (1)

作文技術

因果関係：__A__ （の）ため（に）、__B__ 。 __A__ （の）おかげで、__B__ 。
__B__ （の）は __Aした__ ためだ。 __B__ （の）は __Aした__ おかげだ。

cf. {
__A__ （の）せいで、__B__ 。
__B__ （の）は __Aした__ せいだ。
}

その他の重要表現：

[範　囲] ～から～まで
[添　加] その上、～　それに、～
[変　化] [イ形容詞] くなる　[動詞] ようになる

練習1 次の文章を読んで、あとの練習をしなさい。

❈ キムさんは学校でこんな作文を書いた ❈

　最近、私が住んでいるアパートのとなりにコンビニエンス・ストアが出来た。コンビニエンス・ストアには、パンやおにぎりなどの食料品から、洗剤、トイレット・ペーパーなどの雑貨まで、生活に必要なものはたいていそろっている。その上、24時間あいているので、いつでも必要な時間に買物ができる。この店ができたおかげで、夜遅く帰ってきたときでも買物ができるようになった。

　私のような一人暮らしの男性だけでなく、仕事で帰りが遅くなった女性もパック入りのおかずや弁当を買っている。この店では、毎月の電気代や電話代を払うこともできる。それに、コピー機もあるので、たいへん便利だ。

　このように、コンビニエンス・ストアのおかげで生活は便利になったが、よいことばかりではない。夜、車やバイクで買物に来る人が増えたために、うるさくて勉強ができなくなってしまった。エンジンを止めないで店に入ったり、店の外で大声でおしゃべりをしたりする人がいる。また、お菓子やアイスクリームの袋を道に捨てる人もいる。そのため、以前より道が汚くなった。

　コンビニエンス・ストアを利用する人は、近所の人たちのことをよく考えてほしい。

(1) キムさんの作文から （作文技術） の表現を探し、その部分に下線を引きなさい。

(2) コンビニエンス・ストアが出来て、便利になったのはどんな点か。

① _____

② _____

③ _____

④ _____

⑤ _____

(3) コンビニエンス・ストアが出来て、キムさんが困っているのはどんな点か。

① _____

② _____

練習2　〔A〕の文につながる文を〔B〕から選びなさい。

〔A〕

① 友だちが手伝ってくれたおかげで、

② テレビ・ゲームをやりすぎたせいで、

③ コンピュータのおかげで、

④ 日本人の食事に肉や脂肪が多くなっ
　たために、

⑤ 朝ご飯を食べずに学校へ来たために、

〔B〕

① 目を悪くしてしまった。

② 昔とは違う病気が増えてきた。

③ 午前中は元気がなかった。

④ むずかしい計算が楽になった。

⑤ 予定より仕事が早く終わった。

練習3 次の会話文を読んで、後の文を完成しなさい。

(1) A：もう私たちサラリーマンは自分の家を持つことができませんね。
　　B：土地の値段がこんなに急に上がってしまってはね。
　　A：この2、3年で2倍ですからね。

→サラリーマンが自分の家を持てなくなったのは、..
.... ためである。

(2) A：この町は緑が多いですね。
　　B：ええ、以前は少なかったんですが、15年ぐらい前から、住民が緑を増やす運動
　　　　をつづけているんです。
　　A：そのおかげでこんなに増えたんですね。

→この町に緑が増えたのは、...
.... おかげである。

(3) A：お帰りなさい。ずいぶん遅かったね。
　　B：うん、新幹線が4時間も遅れたんだ。
　　A：4時間も！　どうして。
　　B：信号機の故障で、名古屋から東京までノロノロ運転だったんだ。

→新幹線が4時間も遅れたのは、...
.... ためである。

(4) A：今日はずいぶん道が混んでいますね。
　　B：ええ、工事をやっているんですよ。
　　A：ああ、そのためですね。
　　B：片側しか通れないから、それで渋滞しているんです。

→今日、道が混んでいるのは、.. ていて、
.... ためである。

練習4 　結果を考えて、あとの文をつづけなさい。

① 工場が汚い水を流しているせいで、_____

_____

② 日本語を一生懸命勉強したおかげで、_____

_____

③ 両親と離れて生活しているために、_____

_____

④ 家族が多いおかげで、_____

_____

⑤ 近所にゲームセンターができたせいで、_____

_____

⑥ 山の木を切りすぎたために、_____

_____

♣ 句読法 (4) ♣

点の規則4 　長い句や節にまとまりを持たせる（句や節がどこからどこまでかはっきりさせる）ために打つ。

○ 正しいものには○を、間違っているものには×を、それぞれの文につけなさい。
○ この薬を、夜寝る前に一度、朝起きてからもう一度、飲んでください。
○ 私は、空を飛ぶ鳥のように、自由に生きて行きたいと思った。

［練　習］　次の文に「、」を打って、わかりやすい文に直しなさい。

1．彼はまるで言葉が話せないかのようにただだまっているだけだった。
2．答がわかったときは赤いボタンをわからなかったときは青いボタンをかならず5秒以内に押してください。
3．香港にいる私の友だちに24歳の誕生日のお祝いとして旅行中ニューヨークで買った本を送ってあげた。
4．友だちが私にしてくれた話によるとAさんはもうすぐBさんと結婚するそうである。
5．地球の気候に大きな影響を与えるという点でCO_2の増加が問題となっている。

5 行為の理由・目的 (1)

作文技術

目　的：[〜し] に（行く／来る）

　　　　[〜する] ために　　　　　　cf. [〜する] のに　[〜する] ように

理　由：　B　。なぜなら　A　からだ。

　　　　　B　のは、　A　からだ／ためだ。

　　　　　Aしたい。そのため（に）、　B　する。

希　望：[〜し] たい

　　　　[〜し] たいと思っている

意　図：う／よう（かな）と　思っている／考えている

- -

その他の重要表現：

　　　［提　案］[〜しては／したら] どうだろう（か）

練習1　(1)（A）の文につながる文を（B）から一つずつ選びなさい。

〔A〕

① 私が日本へ来たのは、

② ビザの延長ができなかったために、

③ いろいろなところを旅行したかったので、

④ 体重を少し減らすために、

⑤ きのうは学校を休んだ。

⑥ 子どもが大けがをして入院したので、

〔B〕

ⓐ なぜなら、国から来た両親を空港まで迎えに行かなければならなかったからである。

ⓑ 一年間、何も買わずにお金をためた。

ⓒ 一週間前からジョギングを始めた。

ⓓ コンピュータの技術を身につけるためである。

ⓔ 会社に三日間の欠勤届を出した。

ⓕ 一度国外に出なければならなかった。

在留期間更新許可申請書

法務大臣殿

1 国籍　　　　　　2 氏名　　　　氏　　　名

3 性別 男・女　4 生年月日　　年　　月　　日　5 出生地

6 配偶者の有無　有・無　7 職業　　　8 本国における居住地

9 日本における居住地　　　　　　　電話番号

10 旅券 (1) 番号

　　　 (3) 有効期限

11 上陸(在留)許可年月日

13 現に有する在留資格

14 外国人登録証明書番号

16 希望する在留資格

17 更新の理由

19 通学先
(1) 学校名
(2) 学校の種類　□a大学　□b大学院　□c専門学校　□
(3) 所在地　　　　　　　　　　年　　月
(4) 入学年月日
(5) 学部・科

入国査証延長願

欠　勤　届

平成　年　　月　　日　〜　　月　　日

理由

上記の通りお届けします。

届出者　　　　　　　　印　　月　　日

欠勤届

⑵ ①〜⑥は、それぞれ「目的」と「理由」のどちらを説明する文か。

(練習2)　次の文はニッキーさんが日本にいる田中先生に書いた手紙である。この手紙を
　　　　　読んでから、あとの練習をしなさい。

✦ ニッキーさんの手紙(1) ✦

拝啓（はいけい）

　その後いかがお過（す）ごしでしょうか。教科書（きょうかしょ）によると、日本はいま梅雨（つゆ）の季節（きせつ）のよう
ですが、梅雨はいつまでつづくのでしょうか。こちらでは毎日いい天気です。

　先生が日本へお帰りになってから、私はときどきクラスの友だちと先生のことを話
し合っています。友だちはみんな一度日本へ行ってみたいと言っています。もちろん
私も同（おな）じ気持ちです。

　実（じつ）は、そのことでご相談（そうだん）したいと思い、この手紙を書くことにしました。

　私は、大学を卒業（そつぎょう）したら、日本へ行って日本語の勉強をつづけたいと考えていま
す。私は将来（しょうらい）日本語の先生になりたいと思っていますが、そのためには、日本語の文（ぶん）
法や表現（ひょうげん）方法について、もっと深（ふか）く研究（けんきゅう）しなければならないと考えています。私が日
本へ日本語の勉強に行くことについて、先生はどうお考えになりますか。賛成（さんせい）してい
ただけるでしょうか。また、賛成していただける場合、日本語の研究のためにはどこ
の大学がいいでしょうか。こちらでは情報（じょうほう）が少ないので、先生に教えていただければ
大変ありがたいです。私の希望（きぼう）は、修士（しゅうし）の学位（がくい）をとることですが、もし可能（かのう）なら、博（はく）
士課程（しかてい）まで進（すす）みたいと思っています。

　また、日本は学費（がくひ）や生活費がかなり高いと聞いていますが、一か月どのくらい準備（じゅんび）
すればいいでしょうか。経済的（けいざいてき）なことは両親とも相談していますが、この点について
も、何かアドバイスがありましたら、お願いいたします。

　それでは、めんどうなお願いですが、どうかよろしくお願いいたします。また、お
便（たよ）りいたします。ご家族の方によろしくお伝（つた）えください。

敬具（けいぐ）

　20×・年6月20日

ニッキー・ビッキー

田中（たなか）　良夫（よしお）　先生（せんせい）

⑴ 上の手紙から（作文技術）の表現を探し、その部分に下線を引きなさい。

⑵ ① ニッキーさんは、将来（しょうらい）、何になりたいと思っているか。

② そのために、ニッキーさんは大学を卒業したら、何をしようと思っているか。

....

....

③ ニッキーさんは、どういう目的でこの手紙を書いたのか。

....

(3) 次の文を並べ換えて正しい文章を作りなさい。

① ・政府の奨学金で来ているので、あと3年間しか日本にいられない。

・日本のコンピュータ技術は私の国より進んでいるので、勉強しなければならない
ことが多くある。

・私が日本へ来たのはコンピュータ技術を身につけるためである。

・その間にできるだけ多くの新しい技術を勉強したいと思っている。

→私が日本へ来たのはコンピュータ技術を身につけるためである。

....

....

....

② ・そのため、私の会社では日本語が話せる社員に特別手当を出している。

・私の会社は日本との取引がとても多く、日本語を使う機会も多い。

・私が日本語を勉強しているのは仕事をするときに必要だからである。

・実際に日本人と会って仕事の話をしたり、日本に国際電話をかけたり、また、時
には手紙を書かなければならないこともある。

→私が日本語を勉強しているのは仕事をするときに必要だからである。

....

....

....

③ ・今は日本語を勉強するために、日本に来ている。

・その時は日本語が全然できなかったので、ちょっと不自由な旅行だった。

・そして、やっと去年の夏に日本へ来ることができた。

・国へ帰ってから、今度は日本の小説を日本語で読んでみたくなった。

・私は日本のいろいろなところを旅行したかったので、2年間アルバイトをしてお
金をためた。

→私は日本のいろいろなところを旅行したかったので、2年間アルバイトをしてお金を
ためた。

─────────────────────────────

─────────────────────────────

─────────────────────────────

─────────────────────────────

(4) 前の(2)と(3)の練習を参考にして、あなたが日本へ来た理由（や目的）、あるいは日本
　　語を勉強する理由（や目的）を説明する文を書きなさい。

→─────────────────────────────

─────────────────────────────

─────────────────────────────

─────────────────────────────

─────────────────────────────

練習3　次のような友だちの悩みに対して、あなたならどんなアドバイスをするか。それ
　　　　ぞれのヒントを参考にしてどうすべきかを述べなさい。

① 日本語の勉強がつまらなくなってしまった。なかなかじょ
　うずにならないから、やめようと思う。どうしたらいいだ
　ろうか。

ヒント：どうして日本語を勉強するのか、目的がはっきりして
　　　　いないのではないか。
　　　　言葉は実際に使うために勉強したほうがはやくおぼ
　　　　えられるはずだ。

→あなたは何のために＿＿＿＿＿＿＿＿＿のだろうか。あなたの場合、＿＿＿＿＿

＿＿＿＿＿＿＿ことが一番の問題だと思う。私の場合、仕事で必要だから日

本語の勉強を始めた。でも、日本語を勉強して実際に使っているうちに、だんだんおも

しろくなってきた。言葉の勉強は、＿＿＿＿＿＿＿のが、もっとも効果的

だと思う。あなたも、まず、＿＿＿＿＿＿＿をよく考えてみるべきだ。

② となりの部屋のテレビがうるさくて、夜よく眠れない。けんかにならないように注意するためには、どうしたらいいだろうか。

> ヒント：まず、となりの人がどう思っているか考えてみよう。
> もしかしたら、その人はどのくらいうるさくしているか自分でも知らないのかもしれない。
> その人をあなたの部屋に連れて来て、どのくらいうるさいか、教えてやるほうがいい。

→となりの人は、＿＿＿＿＿＿＿＿＿＿＿＿＿＿＿知っているだろうか。
人は、他人のすることはよく見えるのに、自分のすることはよく見えないことがある。
その人も、もしかしたら、＿＿＿＿＿＿＿＿＿＿＿＿＿知らないの
かもしれない。だから、まず、＿＿＿＿＿＿＿＿＿＿＿＿＿ために、
＿＿＿＿＿＿＿＿＿＿＿＿＿たらどうだろうか。

（練習4） あなたが今までに読んだ本、見た映画、旅行した所などを人に推薦する文を書きなさい。どうしてそれを推薦するのか、理由も説明しなさい。（原稿用紙に書きなさい）

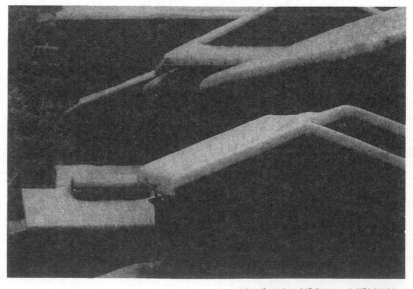

雪景色（長野県・白骨温泉）

26

♣ 句読法 (5) ♣

点の規則5　語句と語句の関係をわかりやすくするために打つ（修飾関係を明らかにするためにつける）。

○ その人は大きな音にびっくりして、横から飛び出した子どもにぶつかった。

その人は、大きな音にびっくりして横から飛び出した子どもに、ぶつかった。

○ その時、日本語を勉強しておけば（よかった）と思った。

その時日本語を勉強しておけば（よかった）、と思った。

○ Aと、BまたはCを取りなさい。

AとB、またはCを取りなさい。

※語句の区切りをはっきりさせるために打つ場合もある。

・来年、大学を卒業後、日本に行くつもりである。

[練習]　次の文が「、」を打つ場所によってどのように意味が変わるか考えなさい。

1．友だちとAさんのプレゼントを買いに行った。
2．彼女は不思議そうに話をつづける彼の顔を見ていた。
3．田中さんは上田さんのように頭がいいがよく忘れ物をする。
4．そのころタイに住んでいた父は私にめずらしい物を送ってくれた。
5．お金と時間または地位のどちらがいいか。

6 共通点・類似点・相違点 (1)

作文技術

```
共      通：ＡもＢも～という点では 同じだ／変わらない／変わりがない
比較・対照：Ａは、Ｂにくらべると、～
          Ａは～が、（しかし、）Ｂは～
          Ａが～のに対して、Ｂは～
          Ａは～。 ┌一方、              ┐ Ｂは～。
                 │それ／これ に対して、  │
                 └それ／これ にくらべて、 ┘
          Ａより（も）Ｂのほうが～
相      違：（ＡかＢかは）～によって違いがある
```

その他の重要表現：

```
[場 合]〔日本〕では、～
[伝 聞]～によると、～そうだ
```

練習1 上の **作文技術** の表現を下の文から探し、その部分に下線を引きなさい。

❀❀アジェンダさんから国の習慣について次のような報告があった。❀❀

> 日本でも私の国でも、病気の人を見舞うときには何か適当なものを持っていくのがふつうである。花が喜ばれる品物の一つであるという点では変わりがない。しかし、どんな花を持っていくかは、国によって違いがあるようだ。
>
> 日本では、鉢植えの花よりもカーネーションやバラなどの「花束」のほうが一般的なようだ。友だちの話によると、鉢植えの花は「根がついている」ので、「寝つく」、つまり、「病気が治らず、ずっと寝たままになる」ということを連想させてしまうそうだ。そのため、根を切りとった花を持って行くのがマナーになっている。それに対して、私の国では一般に鉢植えの花のほうが喜ばれる。鉢植えは、ふつうの花束にくらべるとずっと長持ちするので、「長生き」につながるからだ。そういう意味で、日本では造花を見舞いに持って行くことがタブーだが、私の国ではそうではない。それはごく普通のことである。

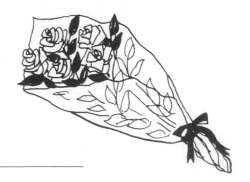

練習2　次に挙げた表現を使って、二つの絵の相違点を説明しなさい。

◎ ⎰AもBも〜という点ではほとんど変わりがない。
　 ⎱AとBのどちらも〜。

◎しかし、⎰AはBより〜。
　　　　　⎱AはBにくらべると〜。
　　　　　 AはBにくらべると〜。
　　　　　 Aは、〜という点で、Bより〜。

(1) 大山さんと小川さん

大山さん

体重：54kg
身長：175cm

小川さん

体重：80kg
身長：175cm

....
....
....
....

(2) 成田空港までの交通手段

リムジンバス

都内のいろいろな所から（ホテルの前からもOK）　所要時間：約2時間（遅れることが多い）
1時間に3〜4本／予約が必要

成田エクスプレス

新宿・東京・池袋から
所要時間：約1〜1.5時間（時間は正確）
1時間に1本／予約が必要

(3) ラジカセ

サニー電器K.K.

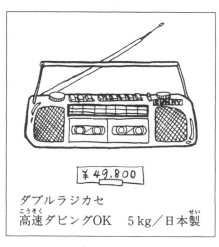

¥49,800

ダブルラジカセ
高速ダビングOK　5kg／日本製

三和電器K.K.

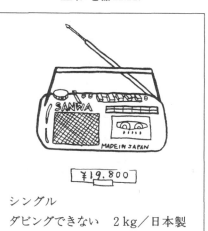

¥19,800

シングル
ダビングできない　2kg／日本製

(4) 旅行

プランA	プランB

テニスとサイクリング

モダンなホテルに泊まる

2泊3日：8万円　飛行機で1時間

古いお寺や神社を見る

日本的な旅館に泊まる

2泊3日：8万円　新幹線で5時間

・・・

・・・

・・・

・・・

練習3

(1) あなたの国と日本との習慣の違い（食事のマナー・休日の過ごし方など）を話し合いなさい。

(2) 話し合ったことをもとに、あなたの国と日本の習慣の違いを文章にまとめて原稿用紙に書きなさい。

学生食堂

7 伝聞・引用

作文技術

引　用：〜は「〜」と言っている／と答えている

　　　　〜は〜と言っている／述べている／書いている／説明している

　　　　〜という［記事］

　　　　(本)には〜と書かれている

伝　聞：〜によると／〜の話では　〜そうだ

　　　　　　　　　　　　　　　　〜という

　　　　　　　　　　　　　　　　〜ということだ

　　　　　　　　　　　　　　　　〜らしい

その他の作文表現：

　　　　［疑問の提示］どうして〜のだろうか。

練習1　(1) 次の会話文を読んで、あとの文を完成しなさい。

❖ 日本の大学生・アメリカの大学生 ❖ (佐々木先生へのインタビュー)

キ　ム：日本の大学生はアメリカの大学生にくらべて勉強しない、という記事を読ん
　　　　だんですけど……。

佐々木：ええ。

キ　ム：その原因は何なんでしょうか。

佐々木：そうですねえ。いろいろ考えられるかもしれませんけど、やっぱり入学制度
　　　　の違いが一番大きいんじゃないでしょうか。

キ　ム：入学制度の違いって、どういうことですか。

佐々木：日本では入学するのが大変だけど、アメリカでは比較的楽に入れちゃうんで
　　　　すね。

キ　ム：そうなんですか。

佐々木：ええ。でも、そのかわり、日本はアメリカにくらべると、卒業するのが楽な
　　　　んですよ。だから、日本の学生は大学に入ると勉強しなくなるんじゃないで
　　　　しょうか。

キ　ム：アメリカ人は日本人と違って卒業まで一生懸命勉強しなければならない、っ
　　　　てことですね。

① 日本人の大学生は（　　　　　　　　）が少ない。

② 日本の大学は（　　　　　　　　）は難しいが（　　　　　　　　）はやさしい。

③ アメリカの大学は（　　　　　　　　）は難しいが（　　　　　　　　）はやさしい。

大学キャンパス

⑵ 次の文章の中から（作文技術）の表現を探し、その部分に下線を引きなさい。

✤ キムさんの報告 ✤

　　最近、新聞に「日本の大学生はアメリカの大学生にくらべると勉強をする時間がかなり少ない」という記事が出ていた。調査によると日本人学生の一日の勉強時間は平均1.8時間しかないのに対して、アメリカ人学生の場合は平均7.6時間も勉強しているという。私が知っているある大学生も、授業の予習や復習をすることはほとんどないと言っている。夜遅くまでお酒を飲んだりおしゃべりをしたりすることも多いそうだ。

　　せっかく大学に入ったのに、どうして日本の大学生は勉強をしないで遊んでばかりいるのだろうか。佐々木先生の話では、日本では入学試験に合格するのは大変だが卒業するのは楽だから、大学に入ってしまうと、あとはあまり勉強しなくなってしまうそうだ。一方、アメリカはその逆で、卒業するのが難しいから、学生は一生懸命勉強しなければならないらしい。

練習2　次の会話文や文章を読んで、あとの文を完成しなさい。

⑴ 加藤：今度、アパートを引っ越すことにしたんだ。

　　B　：え、どうして？　駅に近いし、買物も便利だって言ってたでしょ？

　　加藤：うん。でも、となりの人がいつも大きな音で音楽を聞いているんで、うるさくて勉強できないんだよ。

　　→加藤さんは、＿＿＿＿＿＿＿＿＿＿＿＿＿＿＿＿＿＿＿＿＿そうだ。＿＿＿＿＿＿

　　＿＿＿＿＿＿＿＿＿＿＿＿＿＿＿＿＿のが原因らしい。

⑵ A　：木村さんは、大学で何を勉強しようと思っているんですか。

木村：日本の経営学を専攻するつもりです。

A　：そうですか。何か特別な理由でもあるんですか。

木村：父が貿易会社を経営しているんです。

→木村さんは ＿＿＿＿＿＿＿＿＿＿＿＿＿＿＿＿＿ そうだ。＿＿＿＿＿＿

＿＿＿＿＿＿＿＿＿＿＿＿＿＿＿＿＿＿＿ ことが理由らしい。

⑶ 休暇を利用して海外旅行をする人が増えている。まとまった休みがとれるようになり、生活にゆとりができたということなのだろう。

→ ＿＿＿＿＿＿＿＿＿＿＿＿＿＿＿＿＿＿＿ そうだ。＿＿＿＿＿＿

＿＿＿＿＿＿＿＿＿＿＿＿＿＿＿＿＿＿＿ ことが原因らしい。

練習3　次の会話文を読んで、あとの新聞記事を完成しなさい。

┌─ 《 インタビュー 》 ─────────────────────────────

新聞記者：昔とくらべると、サラリーマンの仕事に対する考え方もずいぶん変わってきているんじゃないでしょうか。

高田研究員：そうですね。現在でも、20代、30代のサラリーマンと40代、50代のサラリーマンとでは違いがあるんです。

新聞記者：そうですか。

高田研究員：私の勤めている自由時間デザイン協会で、仕事と余暇のどちらを重視するかについてアンケートを取ってみたんですけど、20代、30代では40％ぐらいの人が「仕事より余暇を重視する」と答えているんですね。ところが、40代、50代の人では、そう答えたのはその半分ぐらいしかいないんです。

新聞記者：要するに、若い人は仕事よりも自由な時間を大切にしたがっているということですね。

高田研究員：そういうことになるでしょうね。

新聞記者：どうしてそんな違いが出てきたんでしょうか。

高田研究員：まあ、いろいろな見方があると思うんですけど、やはり、昔のように必死に働かなくてもほしい物が手に入るようになった、という時代の変化を反映しているんじゃないでしょうか。

新聞記者：なるほど。今日はいろいろありがとうございました。

┌─《 新聞の記事から 》────────────────────────────┐
│
│　20代、30代のサラリーマンは40代、50代のサラリーマンとくらべて＿＿＿＿＿＿
│
│＿＿＿＿＿＿＿＿＿＿＿＿＿＿＿＿＿＿＿＿＿＿。自由時間デザイン協会の調査に
│
│よると、「仕事と余暇とどちらを重視するか」という質問に対して＿＿＿＿＿＿＿
│
│＿＿＿＿＿と答えた人は、20代、30代では全体の＿＿＿＿＿＿だったのに対し、40代、50代で
│
│は＿＿＿＿＿＿＿＿＿＿＿＿＿＿＿だったという。どうしてこのような年代による違いが
│
│出てくるのだろうか。同協会の高田研究員の話では、＿＿＿＿＿＿＿＿＿＿＿＿＿
│
│＿＿＿＿＿＿＿＿＿＿＿＿＿＿＿＿＿＿＿＿＿＿＿＿＿＿＿＿＿＿＿＿＿＿＿＿
│
│＿＿＿＿＿のではないか、ということだ。
│
└──┘

練習4　　次の文の重要な部分に下線を引き、引用文を作りなさい。

① 私が子どものころは食べ物も服も自由には買えなかった。戦争のせいで、ほとんどの
　物が配給制になっていて、その配給もよく遅れたり止まったりした。50年前の日本は
　本当に貧しい国だった。（佐々木和子『日本の豊かさ』より）

　　→佐々木和子は『日本の豊かさ』の中で＿＿＿＿＿＿＿＿＿＿＿＿＿＿＿＿＿＿

　　＿＿＿＿＿＿＿＿＿＿＿＿＿＿＿＿＿＿＿＿＿＿と言っている。

② 日本の伝統的食品と思われている食べ物も、最初は外国から入ってきたものが多い。
　たとえば、豆腐は日本料理に欠かせないものだが、豆腐の作り方は奈良時代に中国か
　ら伝わったものである。（小林和夫『食物文化史』より）

　　→小林和夫の『食物文化史』には＿＿＿＿＿＿＿＿＿＿＿＿＿＿＿＿＿＿＿＿＿

　　＿＿＿＿＿＿＿＿＿＿＿＿＿＿＿＿＿＿＿＿＿＿と書かれている。

③ 余暇を十分に活用している日本人は、決して多いとは言えない。昨年行われた調査で
　は「休みの日はたいてい家でごろごろしている」と答えた人が全体の4割以上もい
　た。

　　→＿＿＿＿＿＿＿＿＿＿＿＿＿＿＿＿＿＿＿＿＿＿＿＿＿＿＿＿＿＿＿＿＿＿＿

　　＿＿＿＿＿＿＿＿＿＿＿＿＿＿＿＿＿＿＿＿＿＿＿＿＿＿＿＿＿＿＿＿＿＿＿

(1) 段落の始めは□を一つあける。

(2) 原則として、一つの□に一つの文字・記号を書く。小さい文字（っ、や、ゅ、よ、ッ、ャ、ュ、ョ、ア、イ、ウ、ェ、ォ）も同じである。

　［例外］ ① 横書きの場合の算用数字（1、2、3、…など）やアルファベット（ABC…、abc…）などは、二文字を一つの□に入れる。

　　　　　 ② 。 と 」 がつづく場合は、これらを一つの□の中に入れてもいい。

　　　　　 ③ ダッシュ（——）、リーダー（……）は□を二つ使う。

　※縦書きか横書きかにより、。 、 「 」 などを書く位置に注意する。

　※縦書きの場合、ふつう数字は「二千三百四十五」のように書く。

　　ただし、西暦の年、パーセンテージなどは「一九六〇年」のように、「千」「百」「十」を略す。また、小数点は□の中央に「・」と書く。

(3) 。 、 」 ） などは行の最初には使えない。前の行の最後につける。

＝＝＝＝＝＝＝＝＝＝＝＝＝＝＝＝＝＝＝＝＝＝＝＝＝＝＝＝＝＝＝＝＝＝＝＝＝＝＝

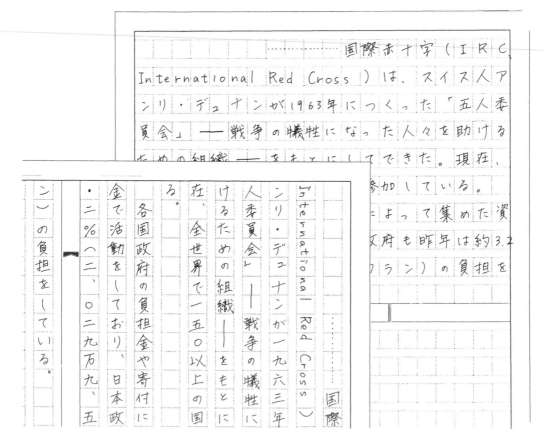

……国際赤十字（ＩＲＣ

International Red Cross ）は、スイス人ア

ンリ・デュナンが1963年につくった「五人委

員会」——戦争の犠牲になった人々を助ける

ための組織——をもとにしてできた。現在、

　　　　　　　　　　　　　　参加している。

　　　　　　　　　　によって集めた資

　　　　　　政府も昨年は約3.2

　　　　　　　ラン）の負担を

ン）の負担をしている。・二％（二、〇二九万九、五……金で活動をしており、日本政各国政府の負担金や寄付に在、全世界で一五〇以上の国にける ための組織——をもとに人 委員会」——戦争の犠牲にンリ・デュナンが一九六三年にInternational Red Cross ）国際

♣ いろいろな記号の使い方 ♣

(1) 。 ：文の終わりにつける。

(2) 、 ：文の途中で区切る必要のあるときに使う。詳しいことは「句読法(1)〜(5)」を参照。

(3) 「 」：引用部分を示したり、強調したい部分を示すときに使う。

　　　　(例)田中さんは「雨が降らないうちに帰りましょう」と言った。

(4) 『 』：① 本や新聞、雑誌のタイトルを示すときに使う。

　　　　(例)先月、『日本人の生活』という本を読んだ。

　　　　② 「 」で囲んだ部分の中に、さらに囲む必要のある部分があるときに使う。

　　　　(例)「日本人の会話では、『はい』と『いいえ』がはっきりしない」と言う人が多い。

(5) 〈 〉：強調したい語句を示すときに使う。

　　　　(例)西洋の〈シチュー〉と日本の〈おでん〉には共通点がある。

(6) ── ：語句の説明や言いかえなどを文の途中にはさみこむときに使う。

　　　　(例)アメリカの小学校では、ショー・アンド・テル (show and tell) ──物を見せて、それについて説明する授業──がよく行われる。

(7) …… ：省略した部分を表すときに使う。

　　　　(例)彼は「雨は降らないと思っていたのに……」と本当に残念そうに言った。

(8) ・ ：① 名詞を列挙するときに使う。

　　　　(例)この文章は、序論・本論・結論の三つの部分に分けられる。

　　　　② 外国語・外来語の区切りを示すときに使う。

　　　　(例)ジョージ・ワシントンは、アメリカの最初の大統領である。

　　　　③ 縦書きの場合、数字の小数点を示すときに使う。

　　　　(例)一一〇・五㌫

8 意見述べ

作文技術

判　断：〜だ／である（※動詞・イ形容詞にはつけられない）

　　　　〜だろう／〜であろう

　　　　〜（だ／だろう）と思う　　　　※（私には）〜と思われる
　　　　　　　　　　　と考える　　　　　　　　　　　と考えられる

　　　　〜（の）ではないか

　　　　〜（の）ではないだろうか／（の）ではなかろうか

　　　　〜（の）ではないかと思う

　　　　〜（の）ように思う　　　　　　※〜（の）ように思われる

　　　　〜（の）ような気がする

　　　　〜かもしれない

　　　　（私には）信じられない［否定］

主　張：〜べきだ

　　　　［〜した］ほうがいい

- -

その他の重要表現：

　　　［例　示］〜とか〜とか
　　　［付　加］それに、〜　　　また、〜
　　　［疑問の提示］なぜ〜のだろうか。
　　　［出来事の可能性］［〜する］ことがある　　　cf.［〜した］ことがある
　　　［意外な結果］かえって〜。

練習1　次の新聞記事を読んで、あとの練習をしなさい。

❖ 新聞の投書欄「読者の声」より ❖

増える突然死

　最近、30代、40代の人の「突然死」が問題になっている。きのうまで元気で働いていた人が、急に倒れて、病院に運ばれる途中で死んでしまったとか、朝、なかなか起きて来ないので見に行ったら、もう死んでいたとか、そんなニュースを新聞などで見ることがある。私には信じられないことだが、もし本当ならとても恐ろしいことである。

　なぜ、このような突然死が増えてきたのだろうか。新聞によると、突然死の一番の原因は、毎日の忙しい生活や複雑な人間関係から来るストレスらしい。30代、40代は一番元気に仕事ができる年代だが、そういう自信があるために、かえって無理をして、突然倒れてしまうのではないだろうか。

　しかし、毎日一生懸命に働きつづけて、30代や40代で死んでしまうのは、実にさびしい人生だと思う。昔とくらべると、現代はとても豊かで便利な社会だと思うが、昔のほうがのんびり楽しく生活できたような気がする。若い人たちは仕事にばかり夢中にならないで、もっと人生をゆっくり楽しむべきである。

（北海道・谷口ゆきえ・53歳）

(1) 次の表現を上の記事から探し、その部分に下線を引きなさい。

　[～である、～と思う、～（の）ではないだろうか、～ような気がする

　　信じられない、～べきだ]

(2) 「突然死」の意味を説明しなさい。

　突然死というのは、 ‥‥‥‥‥‥‥‥‥‥‥‥‥‥‥‥‥‥‥‥‥‥‥‥‥‥

‥‥‥‥‥‥‥‥‥‥‥‥‥‥‥‥‥‥‥‥‥‥‥‥‥‥‥ことである。

(3) 「突然死」の一番の原因は何か。

‥‥‥‥‥‥‥‥‥‥‥‥‥‥‥‥‥‥‥‥‥‥‥‥‥‥‥‥‥

‥‥‥‥‥‥‥‥‥‥‥‥‥‥‥‥‥‥‥‥‥が原因である。

(4) 筆者はどんな生き方がいいと考えているか。

‥‥‥‥‥‥‥‥‥‥‥‥‥‥‥‥‥‥‥‥‥‥‥‥‥‥‥‥‥

‥‥‥‥‥‥‥‥‥‥‥‥‥‥‥‥‥‥‥‥‥と考えている。

1995.7.11 朝日新聞より

　次の会話文を読んで、あとの練習をしなさい。

> 田中：最近、夕方の7時ごろ、電車に乗ると、小さな子どもたちをよく見ますね。
>
> 大木：そうですね、このごろよくいますね。
>
> 山下：あれは、塾から帰る子どもたちですよね。学校が終わると、夕方から塾に行って、だいたい7時とか7時半ぐらいに終わるんですよ。
>
> 田中：あんなに小さな子どもを塾に行かせるなんて、かわいそうですねえ。
>
> 大木：そうですねえ……たしかに、かわいそうですね。でも、しかたないんじゃありませんか。
>
> 田中：しかたない？　そうかなあ……
>
> 大木：だって、塾に行かないと、高校や大学に入るとき、入学試験が大変なんですよ。小さい時からがんばったほうがいいんじゃないですか。
>
> 山下：そう、それに、小さいときのほうが、記憶力がいいですしね。
>
> 田中：でも、毎日8時すぎに家に帰って、それから夕食を食べるなんて、おなかがすくでしょう。
>
> 山下：そうですね。だから、塾に行く前にハンバーガーなんかを食べる子が多いみたいですよ。
>
> 田中：へえー、ハンバーガーですか……でも、やっぱり、子どもは遊ぶ時間も必要じゃないでしょうか。

(1) 次の質問に答えなさい。

子どもを塾に行かせることについて、田中さんはどう考えているか。

・・・

それは、どうしてか。(理由を二つ書きなさい。)

→①・・

→②・・

大木さんの考えはどうか。その理由も書きなさい。

・・・

・・・

山下さんの考えはどうか。

....

....

⑵ 次の文を完成しなさい。

〔田中さんの意見〕

「このごろ、夜 7 時ごろ疲れた顔で塾から帰る子どもをよく見るが、あんなに小さ

な子どもを塾に行かせるのは..。夜おそく家に帰

って、それから夕食を食べるような生活は、..。

それに、子どもにとっては、友だちと遊ぶことも、勉強と同じくらい................................

....。」

〔大木さんの意見〕

「一般に、塾は悪いものだと思っている人が多いように..。しか

し、悪い面だけでなく、良い面もある..。塾では勉強のし方を

おぼえることができるし、また、高校や大学に入るための準備もできるのだ。」

練習 3　次にあるのは雑誌『ヤング・エイジ』（12月号）の広告である。これを見て、あ

なた自身の考えを述べなさい。

クリスマスの傾向と対策

～今年のクリスマスはこれで決まり!!～

☆プレゼントはティファニーの指輪

＝＝＝ 2 万円から紹介します＝＝＝

☆ディナーは一軒家のフランス・レストランで

＝＝＝ 7 千円のコースから＝＝＝

☆そして、仕上げは海の見える部屋

＝＝＝絶対おすすめのホテル50選＝＝＝

・・・・二人だけのクリスマス・イブを演出するなら

ここまで考えなくちゃ ・・・・

あなたの愛はきっと彼女に伝わります

彼女だってそうしてほしいと思っている

さあ、キミの今年のクリスマスはこの一冊で完璧！

⑴ あなたはこんなクリスマスをどう思うか。

………………………………………………………………………………………

………………………………………………………………………………………

………………………………………………………………………………………

⑵ あなたならどんなクリスマスを過ごしたいと思うか。

………………………………………………………………………………………

………………………………………………………………………………………

………………………………………………………………………………………

………………………………………………………………………………………

♣ 意見述べに使われる表現 ⑴ ♣

[主張を表す表現]

・[〜し] なければならない

　　（例）私たちはもっとお互いを理解しなければならない。

・[〜する] べきだ、[〜する] べきである、[〜する] べきだろう

　　（例）相手の意見をよく聞くべきである。

・[〜する] ことが必要だ、[〜する] ことが重要だ、[〜する] 必要がある

　　（例）自分の考えを相手に理解してもらうことが必要である。

・[〜した] ほうがいいのではないか、[〜した] ほうがいいのではないだろうか

　　（例）もっとお互いに努力したほうがいいのではないだろうか。

9 物事の変化・推移・過程

作文技術

変　　化：[名詞] になる　　[イ形容詞] くなる　　[ナ形容詞] になる
　　　　　[動詞] ようになる

推　　移：〜てから、(時間) が過ぎた
　　　　　〜てから、　　　〜、今は〜をしている
　　　　　〔大学を卒業〕後、
　　　　　〜てくる／〜ていく
　　　　　〜につれて、〜
　　　　　最初 (は)、〜　　ついで、〜　　やがて、〜

その他の重要表現：

[話題の提示] 〜のことだ
[実行しない状態の持続] 〜ずにいる (〜ないでいる)
[可能性] もしかしたら〜かもしれない
[意　図] 〜う／よう (かな) と　思っている／考えている

練習1　ニッキーさんは友だちの小川幸子さんに手紙を書いた。手紙を読んで、あとの練習をしなさい。

❖ ニッキーさんの手紙 (2) ❖

　この一か月間、たいへん忙しくて、しばらくお便りを出せませんでしたが、その後、お変わりありませんか。そちらはもう雪が降るころでしょうね。東京もだんだん寒くなってきましたが、11月は紅葉がとてもきれいで、すばらしい季節だと思います。

　9月に日本に来てから、あっという間に二か月が過ぎて、いろいろな計画がなかなか実行できずにいます。でも、日本の生活にもだいぶ慣れてきたので、これからはどんどんやりたいことができそうです。アルバイトも少しやってみようかなと考えています。

　ところで、いいニュースを一つお知らせします。カリムさんのことです。なつかしいでしょう？　彼は、将来は日本語の先生になりたいと言っていましたが、大学を卒業後、貿易会社に就職し、今は市場調査の仕事をしているそうです。もしかしたら、

43

来年は仕事の関係で日本に来るかもしれない、と言っていました。日本で会えるといいですね。

　まだまだ書きたいことがたくさんありますが、今日はこれで終わりにします。そちらは寒いでしょうから、風邪<ruby>風邪<rt>かぜ</rt></ruby>に気をつけてください。

　それではまたお便りします。さようなら。

　20××年11月20日

　　　　　　　　　　　　　　　　　　　　　　　ニッキー・ビッキー

小川　幸子様

<ruby>追伸<rt>ついしん</rt></ruby>　冬休み<ruby>冬休<rt>ふゆやす</rt></ruby>みにそちらに遊びに行きたいと思いますが、幸子さんの予定<ruby>予定<rt>よてい</rt></ruby>はいかがですか。ご都合<ruby>都合<rt>つごう</rt></ruby>をお知らせください。

(1) ニッキーさんがこの手紙を書いたとき、季節はどのように変化していたか。

1　春<ruby>春<rt>はる</rt></ruby>から夏<ruby>夏<rt>なつ</rt></ruby>へ　　2　夏<ruby>夏<rt>あき</rt></ruby>から秋<ruby>秋<rt>あき</rt></ruby>へ　　3　秋<ruby>秋<rt>あき</rt></ruby>から冬<ruby>冬<rt>ふゆ</rt></ruby>へ

4　冬から春へ

(2) 手紙の中から（作文技術）の表現を探して下線を引きなさい。

(3) 手紙の内容<ruby>内容<rt>ないよう</rt></ruby>と合<ruby>合<rt>あ</rt></ruby>うように、次の文章を完成しなさい。

→ニッキーさんが日本へ来てから＿＿＿＿＿＿＿が過ぎた。今、季節は＿＿＿＿＿＿＿から＿＿＿＿＿＿＿へと変わりつつある。だんだん＿＿＿＿＿＿＿が、ニッキーさんはこの季節が気に入っているようだ。日本の生活にも＿＿＿＿＿＿＿ので、これからはいろいろなことをしてみようと考えている。＿＿＿＿＿＿＿も少しやってみようと考えているようだ。

　カリムさんという人は、＿＿＿＿＿＿＿の友だちである。彼は、＿＿＿＿＿＿＿後、＿＿＿＿＿＿＿にならずに、＿＿＿＿＿＿＿に就職した。今は＿＿＿＿＿＿＿の仕事をしているらしい。そして、来年は、＿＿＿＿＿＿＿かもしれない。ニッキーさんは、＿＿＿＿＿＿＿を楽しみにしている。

　ニッキーさんは今度の冬休みに＿＿＿＿＿＿＿と計<ruby>計<rt>けい</rt></ruby>画<ruby>画<rt>かく</rt></ruby>している。

⑷ 小川幸子さんに代わって、ニッキーさんに返事を書いてみよう。

```
----------------------------------------
----------------------------------------
----------------------------------------
----------------------------------------
----------------------------------------
----------------------------------------
----------------------------------------
----------------------------------------
----------------------------------------
----------------------------------------
----------------------------------------
  ではまた。お元気で。
        月      日
                              (          )
  ニッキー・ビッキー様
```

練習2　絵を見て、文を完成しなさい。（そのとき、［　］の中の表現を使うこと）

◆ アンモナイトの化石ができるまで ◆

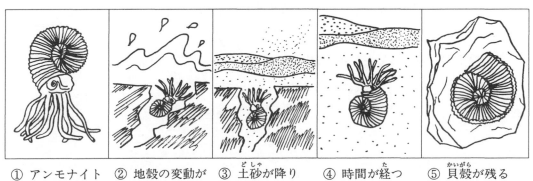

① アンモナイト　② 地殻の変動が　③ 土砂が降り　④ 時間が経つ　⑤ 貝殻が残る
　　　　　　　　　　起こる　　　　　積もる

[ついで、やがて、最初（は）、〜につれて]

① アンモナイトの化石はどうやってできたのだろう。

② ┌──────┐、地殻の変動が起こって海底にひびが入り、そこに ┌──────┐ が落ち込んだ。

③ ┌──────┐ その上に ┌──────┐ が降り積もった。

④ 時間が ┌──────────┐、やわらかい部分は腐ってなくなってしまう。

⑤ ┌────┐、┌────┐ だけが残って化石として見つかるのである。

練習3　左の年表を参考に、人物の経歴を書きなさい。

(1)

┌─────────────────────────┐
│ チェ・ゲバラ
│
│ 1928年、アルゼンチン生まれ。ブエノス
│ 　アイレス大学医学部卒業
│ 1955年、カストロと出会う。キューバ革
│ 　命に参加することを決意。
│ 1956年、キューバに向かう。
│ 1959年、キューバ革命成功。同年、キュ
│ 　ーバの国立銀行総裁に任命される。
│ 1961年、工業省の担当大臣となる。
│ 1965年、キューバを去り、ボリビアの革
│ 　命を指導する。
│ 1967年、ボリビアで戦死。
└─────────────────────────┘

チェ・ゲバラ

　チェ・ゲバラは、1928年、＿＿＿＿＿＿で生まれ、＿＿＿＿＿＿＿＿＿＿＿＿＿＿を
卒業した。1955年、カストロとの出会いがきっかけで、＿＿＿＿＿＿＿＿＿＿＿＿＿
＿＿＿＿＿＿＿＿＿を決意した。その後、1956年、キューバに向かった。＿＿＿＿＿
＿＿＿＿＿＿＿国立銀行総裁に任命された。ついで、1961年、＿＿＿＿＿＿＿＿＿＿
となった。1965年、キューバを去り、ボリビアの革命を指導したが、＿＿＿＿＿＿＿
＿＿＿＿＿＿＿＿＿＿＿＿＿＿＿＿＿＿＿＿。

(2)

小泉八雲

1850年、ギリシャ生まれ。
　　本名、ラフカディオ・ハーン。
1890年、来日。松江中学で教える。
　　同年、小泉節子と結婚。
1895年、日本に帰化。
　　第五高等学校（現在の熊本大学）・早
　　大・東大で英文学を教える。
1903年、東大を解雇される。
　　『怪談』の執筆にとりかかり、翌1904年
　　完成。同年、死亡。

小泉　八雲

小泉八雲は、 ....

....

....

....

....

練習4　日本に来る前と日本に来たあとで（あるいは、日本語の勉強を始める前と今と
で）日本についてのイメージがどう変わったか、作文しなさい。原稿用紙に縦書き
で書きなさい。

［ヒント：食事　マナー　住居　交通　遊び……］

10 物事の仕組み・手順・方法(2)

作文技術

順　　序：まず、Aする。次に、Bする。それから、Cする。さらに、Dする。
　　　　　Aして、Bする。Bする前に、Aする。

場　　合：～場合は　～とき(に)は　～たら

- -

その他の重要表現：

　　［原　因］～ため（に）
　　［伝　聞］～によると～という

練習1　(1) 上の 作文技術 の表現を
　　　下の文章から探し、その部分に
　　　下線を引きなさい。

❖ 地震のときは冷静な行動を ❖

　　専門家の研究によると、近い将来、東京に大地震が起こる確率は非常に高いという。

　　日本では、1911年に「関東大震災」という大きな地震があった。このときは、ちょうど昼食の準備をしている時間だったため、あちこちで火事が起き、大災害になった。したがって、地震のときは、まずガスレンジなどの火を消すことが大切である。

　　次に、窓やドアをすぐに開けて、逃げ道を作っておく。建物の中に閉じ込められて逃げられなくなったら大変だからである。

　　また、エレベーターに乗っているときに地震が起きた場合は、ボタンを全部押して、最初に止まった階で降り、あとは階段を使ったほうがいい。

　　建物を出たら、近くの公園など、広い場所に避難したほうが安全である。

　　だが、一番大切なのは、地震のときには必ず冷静に行動するということである。

(2) 上の文章を参考にして、地震のときに取るべき行動の順序を（ ）の中に番号で書きなさい。

　　（ ）すぐ窓やドアを開けて、逃げ道を作っておく。

　　（ ）広い場所に避難する。

　　（ ）階段を使って、建物を出る。

　　（ ）ガスレンジなどの火を消す。

⑶ 「まず」「次に」「〜たら」を使って、地震のときに取るべき行動を簡単にまとめなさい。

→地震が発生したときは、＿＿＿＿＿＿＿＿＿＿＿＿＿＿＿＿＿＿＿＿＿＿＿＿＿＿

＿＿＿＿＿＿＿＿＿＿＿＿＿＿＿＿＿＿＿＿＿＿＿＿＿＿＿＿＿＿＿＿＿＿＿＿＿＿

＿＿＿＿＿＿＿＿＿＿＿＿＿＿＿＿＿＿＿＿＿＿＿＿＿＿＿＿＿＿＿＿＿＿＿＿＿＿

＿＿＿＿＿＿＿＿＿＿＿＿＿＿＿＿＿＿＿＿＿＿＿＿＿＿＿＿＿＿＿＿＿＿＿＿＿＿

練習2　次の文を読んで、図に適当なことばを入れなさい。

❖ キャンプのときのご飯の炊き方 ❖

　米を洗って、なべに米2合とカップ3杯の水を入れて、30分以上置いておく。なべを火にかけ、次のような火加減で炊く。まず、沸騰するまでは強火で、沸騰してからは中火で7、8分炊く。すると、水がなくなるので、なくなったら火を弱火にする。そのまま12〜15分炊いてから火を消す。ふたをしたまま、10分くらいそのまま置く（＝むらし）。むらしが終わったら、しゃもじやスプーンなどで軽くまぜる。

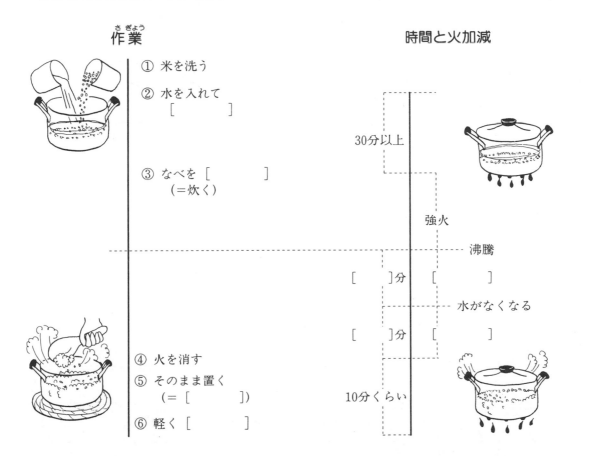

作業

① 米を洗う

② 水を入れて
　　[　　　　　]

③ なべを [　　　　　]
　　（＝炊く）

④ 火を消す

⑤ そのまま置く
　　（＝ [　　　　　]）

⑥ 軽く [　　　　　]

時間と火加減

30分以上

強火

沸騰

[　　]分　[　　　　　]

水がなくなる

[　　]分　[　　　　　]

10分くらい

練習3 次のメモを参考にして、「たまごサンドイッチ」の作り方を説明する文章を書きなさい。

たまごサンドイッチ

A. 材料（4人分）

食パン（8枚切り）　16枚
たまご　　　　　　　4個
きゅうり　　　　　　2本

塩
こしょう
マヨネーズ　　適量
マーガリン

B. 手順

1. たまごをゆでる
　① なべに水とたまごを入れる。
　② なべを火にかける。
　③ なべの水が沸騰して10分位たったら、
　　火を止める。
　④ たまごを水につける。

2. サンドイッチの中身を作る
　① たまごのからをむいて、細かく切る。
　② たまごに塩、こしょう、マヨネーズ
　　をまぜる。
　③ きゅうりをうすく切って、塩をふる。

3. パンにはさむ
　① パンにマーガリンをぬる。
　② パンにきゅうりとたまごをのせる。
　③ もう1枚のパンではさむ。
　④ パンを上から軽く押さえる。
　⑤ パンを適当な形に切る。

◆ たまごサンドイッチの作り方 ◆

→まず、なべに水とたまごを入れて、..

....

....

....

....

....

....

....

..............................パンを適当な形に切って、皿に盛る。

練習4　次の手順を参考にして、『四十一』のルールを説明する文を作りなさい。

★☆★☆★☆★☆★☆★☆★　トランプ・『四十一』　★☆★☆★☆★☆★☆★☆★☆

◎人数　　3人以上／4、5人が適当。
◎カードの点数
　　　A（エース）＝11点
　　　K（キング）、Q（クィーン）、
　　　J（ジャック）＝各10点
　　　その他は、カードの数字が点数になる。

1）カードを配る
　① カードをよく切る。
　② ひとりに4枚ずつ、左回りに配る。
　③ 4枚を表にして、真ん中に出す。（＝場札）
　④ 残ったカードは裏にして積む。（＝山札）

2）始める前に
　① 配られたカード（＝手札）を見て、ハート・ダイ
　　 ヤ・スペード・クローバーの中からどの種類のカ
　　 ードを集めるか決める。
　② すでに「41」になっていれば、「ストップ」と言
　　 う。その場合は、ここでゲームが終了する。
　③ 手札の中にジョーカーがあれば、有利になる。
　　 ジョーカーはどの種類のカードとしても使える
　　 し、何点にも数えられる。

3）ゲーム／一巡目
　①「手札」の中のいらないカードを1枚、「場札」の
　　 中の1枚と取り換える。
　② 一巡目はかならず最初に出てくる「場札」で取り
　　 換えなくてはならない。
　③ 次の人も同じように、1枚取り換える。前の人が
　　 すてたカードと取り換えてもよい。

4）ゲーム／二巡目以降
　① 一巡目と同じように、「手札」のカードを1枚「場
　　 札」のカードと取り換える。
　②「場札」の中に自分のほしいカードがないとき
　　 は、「山札」から4枚取って、新しい「場札」を
　　 作ってもよい。「場札」を新しくしたら、かなら
　　 ずその中のカードと「手札」を取り換えなけれ

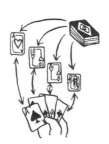

ばならない。

③ 「手札」の合計より「場札」の合計のほうが点数がいい場合は、4枚全部取り換えることができる。（この方法は一巡目には使えない）

5）勝ち・負けの決め方

① 「手札」が「41」になった人は「ストップ」と言う。ここでゲームは終了。

② 「手札」を計算する。同じ種類のカードが得点になる。違う種類のカードが入っていると、0点になる。

　まず、_____てから、_____。

　次に、_____

_____。（これを「山札」と呼ぶ。）

_____前に、配られた札（手札）の中で、_____

_____。もし、このとき、_____、「ストップ」と言って、_____。

　また、_____

_____。

　ゲームの一巡目は、まず、_____

_____。このとき、_____

_____

_____。

　次の人も、_____。

　二巡目以降は、_____

_____

_____。

_____

_____。

　最後に、_____

_____。

　ゲームが終わったら、_____。_____

_____ので、注意する必要がある。

52

練習5　知っているカード遊びや、じゃんけん、ゲームなどのルールを説明する文を書きなさい。

祭 り（埼玉県・川越市）

11 物事の因果関係 (2)

因果関係：___A___ から、___B___
___A___ ので、___B___
___A___ ため（に）、___B___
___A___ （の／した）結果、___B___
___A___ 。したがって、___B___
___A___、（したこと）によって、___B___
___B___ （したことの）原因として ___A___ （こと）が挙げられる
推　　理：___A___ ということは（つまり）___B___ ということだ
にちがいない
（たぶん／当然）〜のだろう／〜と考えられる

その他の重要表現：

[解　説]（つまり）〜ということだ
[根　拠] その考えは〜がもとになっている。

（練習1）　文章を読んで、あとの練習をしなさい。

❖ 新聞の記事から ❖

> 「少子化」の時代……
>
> ## 子どもの数が減っている！
>
> 　2001年に出生率が1.33人に下がったという厚生労働省のデータが発表された。人口が減らないようにするためには、女性一人あたり2.1人以上子どもを持つことが必要だが、2001年の出生率はこれを大きく下回った。つまり、最近の日本の家庭は子どもの数が減り、一人っ子の家庭や子どものいない夫婦が増えているということだ。このままでは、日本の人口はだんだん減ってしまう。
>
> 　このような「少子化」にはさまざまな原因が考えられるが、第一の原因として、20代前半で結婚しない女性が多くなっていることが挙げられる。日本では未婚のまま子どもを産む女性はまだ非常に少ないから、結婚しない女性が増えることによって出生率が下がることになる。

　また、最近では、結婚して一人目の子どもを産む年齢がだんだん高くなっている。３、40年前までは、20歳ぐらいで結婚して、すぐに子どもを産み、30歳のときには子どもが二、三人いるという人が多かった。今は、30歳を過ぎて初めて子どもを産む人もめずらしくない。その結果、どうしても一人っ子が多くなる。

　厚生労働省のデータによれば、出生率は東京や大阪などの大都市で特に低いそうである。これはなぜだろうか。まず、大都市には働く女性や学生が多いから、未婚の女性が多く、したがって、出生率も低くなることが考えられる。しかし、原因はそれだけではなさそうである。

　大都市では、家が狭く、家賃も高い。家族が増えれば、当然ゆとりのある生活はむずかしくなる。さらに、女性が結婚後も仕事をつづけたいと思っても、保育所が足りなかったり、勤務時間が不自由であったり、教育費が高かったりするために、出産をためらうこともあるのではないだろうか。都市生活は「子どもがほしくても持てない」環境を作り出しているように思われる。

(1)　作文技術　の表現を上の記事から探し、その部分に下線を引きなさい。

(2)　筆者は、「少子化」の原因について何と言っているか。次の文を完成しなさい。

　① 日本では、最近「少子化」が進んでいるが、その第一の原因は、昔とくらべて結婚する年齢が高くなった＿＿＿＿＿＿＿＿＿＿。

　② 早く結婚しない女性が近年増えたこと＿＿＿＿＿＿＿＿＿、出生率が低下した。

　③ 地方より大都市のほうが子どもの数が少ない。これは＿＿＿＿＿＿＿＿＿＿＿＿＿
　　＿＿＿＿＿＿＿＿＿＿＿＿＿＿＿＿＿＿ためだと考えられる。

　④ 仕事を持っている女性が子どもを産まないのは、＿＿＿＿＿＿＿＿＿＿＿こと
　　や、＿＿＿＿＿＿＿＿＿＿こと、そして＿＿＿＿＿＿＿＿＿＿
　　ことなどが原因であろう。

⑶ 次のグラフは、全国の15〜79歳の男女3,988人に「出生率の低下の原因」を聞いた結果である。上の新聞記事にあげられていない原因は何か。話し合ってみよう。

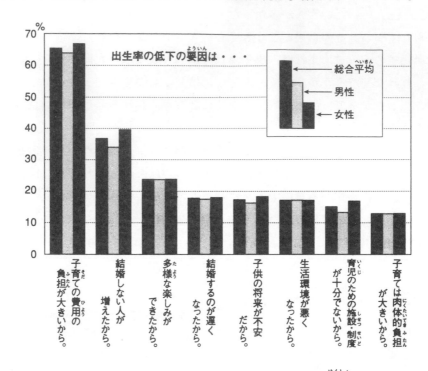

（『平成13年度　国民生活白書』による。％：複数回答）

⑷ 話し合った結果をもとに、子どもの出生率が低下した原因について文章にまとめなさい。

（練習2）　次の文章を読んで、あとの練習をしなさい。

❀ 鈴木さんの体験 ❀　友人の「思い込み」はこうして作られた

　あるとき、友人の中村君から「鈴木君はフランス語も上手なんだってね」と言われて驚いたことがある。私はフランス語など、まったくできない。中村君はなぜそう思い込んでしまったのだろうか。それは、どうも《昨年、鈴木はパリの会議で発表した》という情報が原因らしい。

　たぶん、中村君はこう考えたのだろう。《パリの会議だから、発表はフランス語で行われると考えられる。その会議で鈴木が発表したのだから、当然、鈴木はフランス語が上手にちがいない》と。そして、彼のこの考えは、《パリでは英語はあまり使われない》《フランスの公用語はフランス語である》という情報がもとになっていると考えられる。

　　私は「その会議では英語とフランス語が使われ、私はフランス語ができないから英語で発表した。」と訂正した。中村君は、そのときは「そうか。」と納得したようだった。しかし、彼の思い込みが完全に訂正されたかどうかはわからない。

　　思い込みが強ければ強いほど、訂正の効果は弱くなる。中村君の思い込みが非常に強いものであったら、私の訂正の情報も効果がなかったかもしれない。しばらくしてから、確認してみようと思っている。何年かあとで、「今度、パリの会議で発表する。」と彼に言ってみよう。彼は何と言うだろうか。

(1) 次のa～hのうち、事実に○をつけなさい。

a．鈴木さんはフランス語が話せる。

b．鈴木さんはパリの会議で発表した。

c．パリで行われる会議では、フランス語を使わなければならない。

d．パリでは英語がぜんぜん通じない。

e．鈴木さんは英語が話せる。

f．鈴木さんは友人の間違いを指摘した。

g．鈴木さんは友人の間違いを完全に訂正できた。

h．鈴木さんは何年かあとで、また、パリの会議で発表する予定である。

(2) 例にならって、事実1、事実2をもとに推理しなさい。

[例] 前提[フランスの公用語はフランス語である。また、パリでは英語はあまり使われない。]

事実1 | パリで会議があった。

事実2 | 鈴木さんはその会議で発表した。

　　→推理（鈴木さんはフランス語ができるのだろう。）

① 前提 [気温が0度以下のときに低気圧が近づけば、雪が降ると考えられる。]

事実1 | 天気予報では、今日の夜、低気圧が近づくと言っている。

事実2 | 今、気温は－4度である。

　　→推理（今晩は　　　　　　　　　　　　　　　　　　　　　　のだろう。）

57

② 前提 ［住所が同じなら、親子か兄弟・姉妹ではないかと考えて当然だ。］

事実1　裕子と宏子は住所が同じである。

事実2　その上、二人は顔がよく似ている。

　　→推理（二人は　　　　　　　　　　　　　　　　　　　　のだろう。）

③ 前提 ［夫が「夕食はいらない」と言ったときは、かならず酒を飲んで来る。とくに、
　　　金曜日の場合は、帰りが遅い。］

事実1　今日、夫は「夕食はいらない」と言って出かけた。

事実2　今日は金曜日だ。

　　→推理（今日、夫は、　　　　　　　　　　　　　　　　　　　　）

⑶ 上の練習を参考にして、次の推理の文を完成しなさい。

（例）フランスの公用語はフランス語である。また、パリでは英語はあまり使われない。
　　　パリの会議で鈴木さんが発表したということは、きっと、鈴木さんはフランス語が
　　　できるにちがいない。

① 気温が0度以下の時に低気圧が近づけば、雪が降る。今、気温は0度以下だし、
　　　　　　　　　　　　　　　　　　ということは、たぶん、
　　　　　　　　　　　　　　　　　　にちがいない。

② 住所が同じなら、　　　　　　　　　　　　　　　　と考えられる。裕子と宏子は住所
　が同じだし、その上、　　　　　　　　　　　　　　　　　ということは、
　　　　　　　　　　　　　　　　　　　　にちがいない。

③ 　　　　　　　　　　　　　　　　　　　　　　　　　　　　　　　　　　　　　　。
　　　　　　　　　　　　　　　　　　　　　　　　　　　　　　　　　　　　　　
　　　　　　　　　　ということは、　　　　　　　　　　　　　　　　　　　　
　　　　　　　　　　　　　　　　　　　。

練習3　次の問題について、原因を説明する文を原稿用紙に書きなさい。

成績が下がった　　ホームシック　　離婚　　差別

58

12 行為の理由・目的⑵

作文技術

理　　　由：〜から、　〜ので、

目　　　的：[動詞] ため（に）、　[名詞] のため（に）
　　　　　　[〜し] に（行く／来る）

意　　　図：〜う／よう（かな）と　思っている／考えている

消極的な行為：しかたなく〜する　cf. すすんで〜する

その他の重要表現：

　　[伝　聞] 〜という　〜そうだ
　　[予感・予想] [〜し] そうだ

❖　大学生のアルバイトについて　❖（タンさんの報告）

　「アルバイト」はもともとドイツ語で「仕事」という意味であるが、日本では40年ほど前から、学生の副業の意味として使われるようになった。

　現在、日本の大学生の90％以上がアルバイトを経験しているという。そして、アルバイトのために学校を休む学生も多いそうである。

　授業はさぼってもアルバイトには行く。そういう大学生たちは何のために働いているのだろうか。あるアンケート調査によると、大学生のアルバイトは、サービス、販売など第3次産業の仕事が多い。そして、「どうしてアルバイトをするのか」という質問に対しては「海外旅行をしたいから」「車を買うため」などの回答が多かった。ほかにも、「貯金をして、留学の費用にするつもり」「学費は自分でかせぎたいから」「社会

勉強になるから」という回答も見られたが、ごく少数であった。この調査結果からわかるように、アルバイトの目的は遊ぶためのお金をためることが中心となっている。

　たとえ遊びが主な目的でも、アルバイトをすることで、労働の尊さやお金を得ることの大変さを体験できるのだから、大きな意味がある。しかし、アルバイトのためなら授業をさぼってもいいと考えるのは問題である。

練習1　(1) 本文を読んで、大学生がアルバイトをする理由・目的を書きなさい。

→大学生がアルバイトをするのは、

① ....
② ....
③ ....
④ ....
⑤ ....

(2) 本文にある理由・目的以外に、大学生は何のためにアルバイトをしていると思うか。
　　自分の考えを書きなさい。

→大学生がアルバイトをするのは、

① ....
② ....
③ ....

(3) あなたは今、アルバイトをしているか。

　○している人→何のためか（目的）を書きなさい。

　○していない人→なぜか（理由）を書きなさい。

→私は、今、アルバイトを（している／していない）。それは、

....
....

練習2　次の会話文を参考に、木村さんがアルバイトをしている理由・目的を書きなさい。

------《アルバイトについてのインタビュー》------

記者：ちょっとすいません。学生新聞の取材で、アルバイトについてお話をうかがいたいんですが。

木村：はい、いいですよ、どうぞ。

記者：バイトは、してます？　してたら、週何日ぐらい？

木村：してますよ。ふだんは、週に4日かな。

記者：どんなバイトですか。

木村：今は、コンビニの店員と、家庭教師。それから、ときどき、力仕事もやりますよ。

記者：へえ、店員と家庭教師……。力仕事は、ときどき、っていうと……？

木村：先輩に頼まれて、しかたなく、交代するんです。

記者：しかたなくって……、きつい仕事なんですか。

木村：ええ、引っ越しの手伝いなんですけど、一日中だし、夏は暑いし……。バイト料はいいんで、やってますけど。

記者：なるほど、ところで、バイト料を何に使うんですか。

木村：うーん、使うっていうか……今は貯金しています。

記者：へえ、貯金。それは、どうして。

木村：ええ、英語の勉強をしに、オーストラリアに行きたいんですよ。

記者：オーストラリアですか。いつごろ行けそうですか。

木村：うーん、来年かな。実は、コンビニの店員は夜中にやってるんです、時給がいいから。でも、次の日授業があると大変なんで、日数を減らそうかなって思ってるんです。だから、本当はもっと早く行きたいんだけど……やっぱり来年かな。

記者：わかりました。がんばってください。どうもありがとうございました。

注：バイト＝アルバイト　　コンビニ＝コンビニエンス・ストア

　　木村さんは、今、週に4日、コンビニの店員と家庭教師のアルバイトをしている。オーストラリアに（　　　　　　　　　　　　　　　）からだ。そのために、（　　　　　　　）。店員の仕事は夜やると比較的（　　　　　　　　　）ので、今は夜やっているが、（　　　　　　　　　　　）から、日数を減らそうと考えている。他にも、先輩に頼まれるとしかたなく（　　　　　　　　　）こともある。このバイトも（　　　　　　　　　　　）が、一日中だし、夏は暑くてきついから、そう多くはできない。木村さんがオーストラリアに行くのは来年になりそうだ。

練習 3　次のa～gの行為は、それぞれ「何をするために」すると思うか。また、「なぜ」すると思うか。例にならって、目的と理由を書きなさい。

　　　［例］お金を貯める　　→（目的）欲しいものを買うために、お金を貯める。
　　　　　　　　　　　　　　（理由）欲しいものが高いから、一度に払えない。

　　a．英語を勉強する　→（目的）_____
　　　　　　　　　　　　　　（理由）_____

　　b．お酒を飲む　　　→（目的）_____
　　　　　　　　　　　　　　（理由）_____

　　c．ディスコへ行く　→（目的）_____
　　　　　　　　　　　　　　（理由）_____

　　d．テレビを見ない　→（目的）_____
　　　　　　　　　　　　　　（理由）_____

　　e．昼はいつも外食　→（目的）_____
　　　　する　　　　　　　（理由）_____

　　f．毎朝、一時間ジョ　→（目的）_____
　　　　ギングする　　　　（理由）_____

　　g．授業ではいつも　→（目的）_____
　　　　一番前の席にすわる（理由）_____

練習 4　人間が何かをしたりしなかったりするとき、その理由には次の三つの場合が考えられる。

　　　　① 損・得を考えて、得だからする、損だからしない。
　　　　　　［例］野菜は、デパートで買うと高いので、スーパーで買う。
　　　　② 正・不正を考えて、正しいからする、正しくないからしない。
　　　　　　［例］欲しくても、人の物だから、とらない。
　　　　③ 好き・きらいを考えて、好きだからする、きらいだからしない。
　　　　　　［例］サッカーが好きだから、サッカー部に入る。

①～③のどれかの理由で、自分のことを書きなさい。

　　1．一万円をひろったら、_____ので、_____
　　　　一万円をひろっても、_____ので、_____

62

2．朝ねぼうしたら、_____ から、_____

朝ねぼうしても、_____ から、_____

3．テストの前の日に映画に誘<ruby>誘<rt>さそ</rt></ruby>われたら_____ ので、

_____

テストの前の日に映画に誘われても_____ ので、

_____

4．お金がたくさんもらえるアルバイトなら_____ から、

_____

お金がたくさんもらえるアルバイトでも_____ から、

_____

（練習5）　次のことをするときの理由や目的を述<ruby>述<rt>の</rt></ruby>べて、作文しなさい。

結婚、海外旅行、外国語の勉強、など

<ruby>昔<rt>むかし</rt></ruby>のひな<ruby>人<rt>にんぎょう</rt></ruby>形

13 共通点・類似点・相違点 ⑵

作文技術

共　　　通：ＡもＢも、〜という点では　共通している／同じだ
　　　　　　ＡもＢも、どちらも〜

比較・対照：ＡはＢに比べて〜
　　　　　　Ａは〜という点でＢと　違う／違っている
　　　　　　Ａが〜のに対して、Ｂは〜。／Ａは〜。それに対して、Ｂは〜。
　　　　　　Ａは〜。一方、Ｂは〜。

その他の重要表現：

　　[予想と違う結論] 〜かというと、（実は）そうではない／違う
　　　　　　　　　　〜（の）ように見えるが、実は〜ない

練習1　次の文章を読んで、あとの練習をしなさい。

関東の味、関西の味

　西洋の「シチュー」も日本の「おでん」も、煮込み料理であるという点では共通している。どちらも、作り始めてからできるまで、何時間もかかってしまう。ただ、「シチュー」の場合はバターをたっぷり使う。一方、「おでん」にはバターや油は使わない。

　「おでん」は、日本の代表的な料理だから、どこでも同じ味かというと、そうではない。関西で育った人が関東の「おでん」を見てその色におどろき、「この『おでん』のような料理は何というのか」と聞いた、という話がある。色がとてもこいので、違う料理だと思ったのである。

　関東の料理は色のこいしょうゆと砂糖を基本にして味をつける。関東のしょうゆは複雑な味をもっていて、「だし」をたくさん使わなくても十分においしい煮物をつくることができる。

　それに対して、関西の料理は色のうすいしょうゆと「みりん」を基本にして味をつける。関西のしょうゆは関東のしょうゆにくらべて色がうすい。そして、料理には「だし」をたっぷり使う。

　このように、同じ「おでん」でも、場所によってずいぶん違った食べ物になってしまう。

　ところで、関東の料理は色がこいので、関西の料理にくらべて塩分が多いように見えるが、実はそれほど違いはない。関東の料理も関西の料理も、西洋の料理にくらべれば、ずっと塩からい。どちらも、健康を考えると、食べ過ぎないように気をつける必要がある。

　　注：みりん＝調味料として使う酒。あまい。

⑴ （作文技術）の表現を上の文章から探し、その部分に下線を引きなさい。

⑵ 上の文章を読んで、次の図を完成しなさい。

煮込み料理　┌（　　　　）：シチュー、……etc.
　　　　　　│　　　　┌（　　　　）：おでん、……etc.
　　　　　　└日　本　┤
　　　　　　　　　　　└関　西．：おでん、……etc.

⑶ 上の文章を読んで、次の質問に答えなさい。

　① 「シチュー」と「おでん」の共通点は何か。

　　→ _____

　② 西洋の料理と日本の料理の味の付け方はどんな点が違うか。

　　→ _____

　③ 関東の料理と関西の料理はどんな点が違うか。

　　→ _____

　④ 関東の「おでん」と関西の「おでん」の共通点は何か。

　　→ _____

⑷ ⑶の答えを参考にして、次の文を完成しなさい。

　① 「シチュー」も「おでん」も _____

　　_____

　② 日本の料理は _____
　　という点で西洋の場合と違っている。

③ 「シチュー」が _____ に対して、

「おでん」は _____

④ 関東の料理は _____

一方、関西の料理は _____

⑤ 関東の「おでん」は、関西の「おでん」と違って、_____

_____

練習2　図を見ながら、それぞれの共通点や相違点を説明しなさい。

(1)

デパート _____

スーパーマーケット _____

コンビニエンス・ストア _____

(2)

イタリア人 _____

スペイン人 _____

中国人 _____

日本人 _____

(3)

英和辞典 _____

和英辞典 _____

英英辞典 _____

⑷ [自分で図を作りなさい。]

$$\left\{\begin{array}{l}\left\{\begin{array}{l}(\qquad) \\ (\qquad)\end{array}\right. \\ \left\{\begin{array}{l}(\qquad) \\ (\qquad)\end{array}\right.\end{array}\right.$$

_____
_____
_____
_____
_____

練習3　性格（せいかく）、趣味、好きな食べ物などを友だちと比較して、共通点・類似点・相違点に
ついて説明する文章を原稿用紙に縦書きで書きなさい。

鳥居（とりい）（東京都・明治神宮（めいじじんぐう））

14 具体的事実から全体的特徴をつかむ

作文技術

例　　　示：たとえば、～

説明の列挙：まず、～。また、～。さらに、～。

ま　と　め：このように、～

一　般　化：～と言うことができる（だろう）

　　　　　　　～と言っていいのではないだろうか

- -

その他の重要表現：

　　［類　似］ＡとＢは　～が ┌ 同じだ
　　　　　　　　　　　　　　　│ 似ている
　　　　　　　　　　　　　　　└ 共通している

　　［例　え］Ａは　いわば　Ｂだ

韓国語と日本語は親戚!?

　韓国語は日本語に大変近い。両者の共通
点をいくつか挙げてみると、たとえば、

1. 語順が同じである。
2. 助詞があり、大切な働きをする。
3. 主語のない文を作ることができる。
4. 漢字のことばがたくさんあり、同じ意味のものが多い。
5. 「これ、それ、あれ」の使い方がよく似ている。
6. 「いち、に、さん、……」のほかに「ひとつ、ふたつ、みっつ、……」という数え
　　方がある。また、「一枚、二枚、……」、「一本、二本、……」という数え方もある。
　そのほか、敬語が大切な働きをすることも共通しているし、「はい、いいえ」の使い
方も同じである。
　このように、韓国語と日本語は非常によく似た言葉であり、両者はいわば親戚関係
の言葉であると言うことができる。

練習1　次の文章の（　）に入れることばを下の　□　から選びなさい。

　日本語と韓国語は非常によく似ている。（　　　　　　）、日本語と韓国語は語順が同じであ

り、（　　　　　）、どちらの言葉にも助詞がある。（　　　　　）、敬語の表現があるという点も共通している。そのほかにもいろいろな共通点がある。

（　　　　　）、日本語は、ほかのどの言葉よりも韓国語に近く、二つの言葉はいわば親戚関係の言葉である。

このように　また　さらに　たとえば

（練習2）　次の人たちの性格を説明しているものを右から選びなさい。

○田中さん

冬でも一人で山に登る。
人間に不可能なことはないと思っている。
将来は、スタント・マンの仕事がしたいと
思っている。

○シラノさん

残酷な映画は絶対に見ない。
星のきれいな夜は、詩を作ったりする。
いつか宇宙人と話すことができるかもし
れないと思っている。

○コロンボさん

どんなに小さなことでも、悪いことは大き
らいだ。
どろぼうを捕まえたことがある。
将来は、刑事になりたい。

1．彼は行動力があるが、あわて者だ。

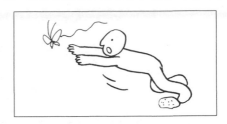

2．彼はロマンチストだ。

3．彼は考え方が観念的で現実的ではない。

4．彼は考え方が非常に現実的だ。

○寅次郎さん

夢はあるが、自分では何もしない。

お金のために働くのはつまらないと思っている。

いつも悩んでいるが、それが楽しみでもある。

5．彼は正義感がとても強い。

6．彼は大胆で勇気がある。

練習3　❖ あなたは「猫」タイプか、「犬」タイプか ❖

(1) あなたが考える「猫」と「犬」はどんな性格か。それぞれの性格を考えながら、次の表を完成しなさい。

	猫	犬
たいてい一人で	行動する／しない	行動する／しない
行動する時間は	朝／昼／夜	朝／昼／夜
木のぼりが	じょうずだ／へただ	じょうずだ／へただ
泳ぎが	じょうずだ／へただ	じょうずだ／へただ
留守番を	する／しない	する／しない
人といっしょに	散歩する／しない	散歩する／しない
おなかがすいたときは	すぐに探す／待つ	すぐに探す／待つ
寒さには	強い／弱い	強い／弱い
自分をかわいいと	思っている／思っていない	思っている／思っていない
困っている人を	助ける／助けない	助ける／助けない
人の命令に	したがう／したがわない	したがう／したがわない
怒ったときは	引っかく／かみつく	引っかく／かみつく
人といっしょに仕事が	できる／できない	できる／できない

70

⑵　あなた自身の性格は、「猫」と「犬」のどちらのタイプだと思うか。自分が作った上
　　の表を参考にして、自分の性格の全体的特徴を述べなさい。

（練習4）　左のグラフと表を見て、その特徴を書きなさい。

１．睡眠時間の変化（平日）

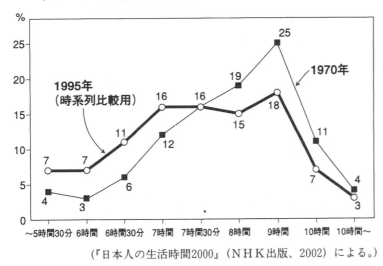

このグラフから、日本人
の睡眠時間は _____

_____

ことがわかる。たとえば、
睡眠時間が８時間の人の割
合は、_____ 年には19％だ
ったが、1995年には ____ ％
にまで減っている。

1995年
（時系列比較用）

1970年

7　7　11　16　16　15　18　11　7　4
4　3　6　12　19　25　11　3

～5時間30分　6時間　6時間30分　7時間　7時間30分　8時間　9時間　10時間　10時間～

（『日本人の生活時間2000』（ＮＨＫ出版、2002）による。）

２．日本人の大学進学率の変化（％）（浪人を含む）

	1960	1970	1980	1990	1995	2000	2001
男　子・・・・	13.7	27.3	39.3	33.4	40.7	47.5	46.9
女　子・・・・	2.5	6.5	12.3	15.2	22.9	31.5	32.7
合　計・・・・	8.2	17.1	26.1	24.6	32.1	39.7	39.9

（『平成13年度　国民生活白書』による。数値は、大学（学部）入学者数（浪人を含む）を３年前の
中学校卒業者数で除した比率。）

この表から、……………………………………………………………………

ことがわかる。特に、女子の進学率は……………………………………………

…………………………………………………………………………………………

　　3．日本人が考える生活程度

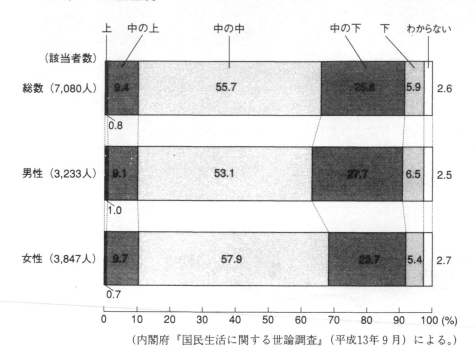

（内閣府『国民生活に関する世論調査』（平成13年9月）による。）

　このグラフから、日本人の半数以上が………………………………………………

　　　　　　　　……と考えていることがわかる。………………………………

…………………………………………………………………………………………

練習5　あなたの国の自然、産業、芸術、スポーツ、人々、生活などについて、その一
　　　般的特徴を述べなさい。一般的特徴を述べるために、三つ以上の具体的事実を挙げ
　　　てみよう。（原稿用紙に縦書きで書きなさい）

15 賛成意見・反対意見

作文技術

引　　用：〜によると〜そうだ

　　　　　〜によると〜という

　　　　　〜によると〜ということだ

　　　　　〜によると〜らしい

　　　　　〜と言っている／述べている／語っている／説明している／

　　　　　　指摘している／主張している／結論している／・・・

容認と主張：（確かに）｛〜については〜だ。

　　　　　　　　　　　〜という点では〜だ。　　｝しかし／だが、〜。

　　　　　　　　　　　〜かもしれない。

　　　　　　　　　　　〜（こと）は否定できない。

主　　張：※第8課の別表を参照

指　　摘：（それは）〜という点で〜だ

解　　釈：（それは）〜ということだ

- -

その他の重要表現：

　　［規　則］〜ということになっている

　　［帰　結］〜。そういうわけで、〜。

　　［比　較］〜と肩を並べる

練習1　次の文章を読んで、あとの練習をしなさい。

∗⁃ 新聞の記事から ⁃∗

┌───┐

日本の豊かさは本物か？

　　総務省統計センターの2000年の国際比較統計によると、日本の一人あたりのGDP
は、世界で一、二位を争うレベルにまで上昇している。

　　たしかに、日本人の多くが中流意識を持っており、また、経済力という点でも日本
が国際経済の中で重要な役割を担うようになったことは否定できない。しかし、実際
に日本が豊かになったかというと、そうではない。国民は、高い生活費、長い労働時
間、狭い家などに相変わらず不満を抱いており、豊かさを実感しているとは言えない。
　　たとえば、日本の住宅価格を世界の都市とくらべてみると、東京の100に対してニュ

└───┘

73

ーヨークでは28.5、ロンドン67.3、パリ24.1と、東京がずいぶん高いことがわかる。さらに、公園など、街の環境も十分とは言えない。一人あたりの都市公園面積をくらべてみると、キャンベラの77.9㎡、ニューヨークの29.1㎡、ベルリンの27.4㎡、ロンドンの26.9㎡、パリの11.8㎡に対して、東京はわずか3.0㎡に過ぎない。

　本当に豊かな生活を実現するためには、今後、生活環境全体を見直し、改善していく必要がある。

グラフ1　一人あたりの国内総生産（GDP）

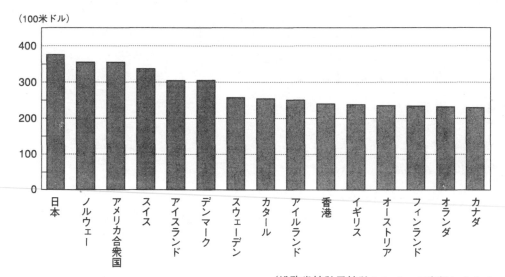

（総務省統計局統計センターの資料による。）

グラフ2　主要都市の住宅価格（1998年、東京＝100）

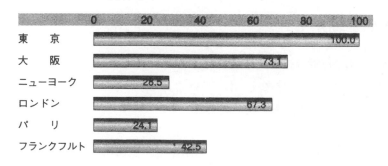

（国土交通省「世界住宅価格等調査」（一戸建て住宅地の価格）による。）

グラフ3　一人あたりの都市公園面積（㎡/人）

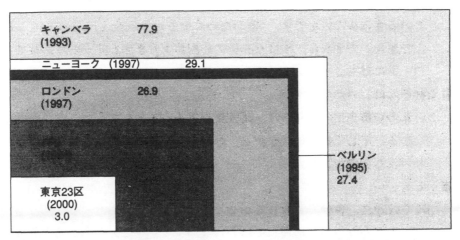

（国土交通省の資料（2000年）による。）

⑴ (練習1) の記事から (作文技術) の表現を探し、その部分に下線を引きなさい。

⑵ 筆者は、日本の豊かさについて、どんな意見を持っているか。

　→筆者は、日本の豊かさについて、＿＿＿＿＿＿＿＿＿＿＿＿＿＿＿という点では

＿＿＿＿＿＿＿＿＿＿＿＿＿＿＿かもしれないが、本当の豊かさというこ

とについては＿＿＿＿＿＿＿＿＿＿＿＿＿＿＿＿＿＿＿＿＿＿＿＿＿＿

＿＿＿＿＿＿＿＿＿＿＿＿＿＿＿＿＿＿＿＿と述べている。

⑶ 筆者は、本当に豊かな生活を実現するためにどうすべきだと考えているか。

　→筆者は、＿＿＿＿＿＿＿＿＿＿＿＿＿＿＿＿＿＿＿＿＿＿＿＿＿＿＿

＿＿＿＿＿＿＿＿＿＿＿＿＿＿＿＿＿＿＿＿＿と言っている。

練習2　　次の会話文を読んで、あとの作文を完成しなさい。

司会者：このごろハンバーガー店などでアルバイトする高校生が増えています。今日
　　　　は、青少年研究所所長の林さんと、都内の高校で教えていらっしゃる斉藤先
　　　　生にお話をうかがいます。斉藤先生は、高校生のアルバイトについて、どの
　　　　ようにお考えですか。
斉　藤：わたしの高校では、アルバイトは禁止ということになっています。
司会者：それは、どうしてなのでしょうか。

斉　藤：むかしと違って、最近の高校生は、親からこづかいをもらっていますし、わたしの高校で昨年行った調査によると、学費をかせぐためにアルバイトをしている者は少ないんです。〈遊ぶために金をかせぐ〉というアルバイトが多いんですね。ですから、やはり非行の心配があります。そういうわけで、アルバイトにはちょっと賛成できないんです。

司会者：林さんは、いかがですか。

　林　：いまの斉藤先生のお話では、高校生がアルバイトをすると、金づかいがあらくなる、そして非行につながる、だから、アルバイトはさせないほうがよい、ということですよね。

斉　藤：ええ……

　林　：ぼくは逆に、自分で苦労してかせぐことによって、お金って大切なものなんだ、つまらないことに使ってはいけない、ということがわかると思うんです。

司会者：働くことによって、お金の価値がわかるということですね。

　林　：ええ、いつも親からもらっていると、お金の大切さがわからない。だから、どんどんアルバイトをさせたほうがいいんじゃないかと思います。それからもう一つ、アルバイトをしに行くと、責任感が育つということですね。たとえば、遅刻をすると、他の人たちに迷惑をかけますね。責任感を身につけるためには、実際に働きながら経験するのが一番ではないでしょうか。

司会者：まあ、結局、いい面も悪い面もあるわけですが、この問題はまず親子でよく話し合ってみることも大切でしょうね……。きょうは、どうもありがとうございました。

(1) 高校生がアルバイトをすることについて、斉藤さんと林さんは賛成か反対か。

　　　　斉藤さん→（　　　　　）　　　　　林さん→（　　　　　）

(2) 林さんと斉藤さんのそれぞれの賛成意見、反対意見の根拠を述べているところに下線を引きなさい。

⑶ ⑵で下線を引いた部分を参考に、それぞれの意見を完成しなさい。

、◆(反対意見)「高校生にはアルバイトをさせないほうがよい。それは、........................

....

....からである。

ある高校が昨年行なった調査........................、高校生の大部分は..............................

........................ためにアルバイトをしているということである。高校生にとって最も

大切なのは、勉強に集中することだと思う。」

◆(賛成意見)「たしかにアルバイトは自分が使うお金をかせぐためにするのだから、必

要以上にお金を使いすぎる危険性があることは........................。しかし、

アルバイトをすることによって、逆に........................

........................。それに、........................

........................。」

練習3　次の話題について、話し合ってみよう。そして、自分の意見を書きなさい。

○日本の大企業では、「終身雇用」という制度が一般的である。これは一度就職する
と、定年まで同じ会社で働くということで、年齢にしたがって給料が毎年上がると
か、長く勤めることによって多くの手当が付くとか、いろいろ有利な点がある。

ヒント：日本では自分の好きな仕事ができるか。／自分の能力が評価されるか。給料
が安かったら、高い会社に転職すべきではないか。／いろいろな職業を経験
したほうがいいのではないか。

○女性は、結婚したら、仕事をやめたほうがよい。

ヒント：家事（料理、そうじ、せんたく）や育児はだれの仕事か。出産は大変な仕事
である。／会社に出産休暇の制度があるか。／保育所などの施設は十分か。

♣ 意見述べに使われる表現(2) ♣

［その他の表現］

・〜と言える〜と言えるだろう、〜と言えよう (そう考えてもいいと判断する)

   (例)環境汚染は世界全体で考えなければならない問題だと言えるだろう。

・〜(の)ようだ (個人的な主観的意見としてそう思う)

   (例)彼らが間違っていると思っていたが、我々にも反省すべき点があるようだ。

・〜らしい (ある程度確かな情報に基づいて推測する)

   (例)きのうの新聞によると、A国でまた大きな地震があったらしい。

・〜(の)はずだ (ある根拠を理由にして推測する)

   (例)出発してから12時間たつから、もう向こうに着いているはずだ。

・〜にちがいない (いろいろ推理して最後に確信する)

   (例)彼女が死んで得をするのはこの男だけだ。事件の犯人はこの男にちがいない。

・〜わけだ (当然性を強調して説明する)

   (例)AとBは等しい。そして、BとCは等しい。したがって、AとCも等しくな

   るわけである。

・(〜する) ものだ (普遍性を強調して断定する)

   (例)子どもは勉強より遊ぶことを考えているものだ。

      cf. 子どものときは川でよく遊んだものだ。(回想)

16 文章の要約

ぶん しょう よう やく

作文技術

＊読み取るときのポイント

（物語文）事件の流れをつかむ

（説明文）テーマをつかむ

（意見文）テーマと〈考え・主張〉をつかむ

＊まとめるときのポイント

（物語文）「何がどうした」

（説明文）「何が何だ」「何をどうする」

（意見文）「何が何だ」「何がどうだ」「何をどうする」

＊表現するときのポイント

名詞修飾を使う

文と文をつなぐ

指示語「これ、それ、この〜、その〜」を使う

適切な順序で表現する

♣ 要約の手順 ♣

○文章の構造（「原因／理由」「目的」「対比」「方法」などが重要）に注意しながら、よく読む。

↓

○何について書かれている文章か（テーマは何か）を考える。

↓

○要約するのに必要な部分を探す。（下線を引く）

↓

○要約文の字数を考えて、どうしても必要な部分以外は捨てる。

↓

○取り出した文をそれぞれ完全な文にする。

↓

○それぞれの文の関係を考えて、つなぐことができるものはまとめる。

↓

○全体が一つのテーマでまとまるように整理する。

練習1 次の三つの文章を読み、それらが「物語文」「説明文」「意見文」のどのグループ に入るか考えなさい。

――［A］――

　ひとりの浮浪者が街を歩いていると、貧しい花売り娘が彼に花を差し出した。娘は目が見えなかった。彼女はその男を金持ちの紳士だと思ったのである。男は、かわいい花売り娘に心を引かれ、たった一枚しかない銀貨を彼女に渡して花を買ってやった。それから、その男は、盲目の娘の面倒を見るために、一生懸命働いた。

　ある日、男は、金持ちの酔っぱらいと知り合いになった。気前のいい酔っぱらいは彼に大金をくれると言う。彼はそのお金をさっそく花売り娘にやった。しかし、金持ちの酔っぱらいは、酔いがさめると、男に金をやったことをすっかり忘れてしまった。そのために、結局、男は金を盗んだと思われ、刑務所に入れられてしまった。

　一方、男から大金をもらった花売り娘は、そのお金で目をなおすことができた。今は、母と二人で街に花屋を開き、毎日、明るく元気に働いている。

　しばらくして、刑務所を出た男がその店の前を通りかかる。もちろん、娘は自分を助けてくれた人の顔を知らないので、まさか、外から店をのぞいているその貧しい浮浪者がその人だとは思わない。娘はその浮浪者に同情して、お金をあげようとする。娘の手が男の手にさわったとき、娘は突然、すべてを理解した。

　「あなたでしたの」
　娘の手はその親切な人の手を覚えていたのである。

（チャールズ・チャップリン「街の灯」より）

――［B］――

　日本に来る前、日本にはワープロという便利な機械があると聞いて、私も使ってみたいと思っていた。だが、実際に使ってみると、最初はなかなかうまくできなくて、そんなにいいものだとは思わなかった。しかし、練習をつづけているうちに、ワープロは日本語の勉強にも大変役に立つすばらしい機械であることがわかってきた。

　まず、気がついたことは、ワープロは漢字の読み方を練習するのに便利だということである。私は授業で使っている教科書の文章をワープロで打っている。こうした練習によって、新しい漢字の読み方を少しずつおぼえることができる。ワープロは、正しい読み方をひらがなで打たないと、うまく漢字に変換できないので、かなり大変だが、とてもいい練習になる。

　それから、ひらがなをどこまで打って漢字に変換すべきか、を考えながら打ってい

くと、一つの文の中で、主語、動詞、助詞などがよくわかるので、文章の内容を理解するのが速くなったように思う。

　このように、ワープロは、日本語を勉強する外国人にとっても、非常に役に立つ機械だと思う。

　また、ワープロは、同じ読み方の漢字があると、いくつかの漢字から正しいものを探さなくてはならない。これはまるでゲームのようである。だから、ワープロを使うと、とても楽しく日本語を勉強することができる。

─── ［C］ ───

　「デザイン」とは、ただ何かを美しく見せようとすることではない。基本的には、私たちが生活するときに必要ないろいろな物について、その美しさだけでなく、その機能や材料や構造もいっしょに考えて、総合的に計画し、設計することである。また、そのようにして作り出された物も「デザイン」といったりする。日本語の中にも「デザイン」に相当することばがいくつかあるが、それらのことばで上に述べたような意味を全部表現することはできない。外国でも、英語以外の国々では、それぞれの国のことばでデザインの意味を十分に表現することは難しい。そのため、現在では、「デザイン」ということばがだいたい世界中に共通することばとして使われている。

　現代生活を中心にして考えたとき、デザインは次の三種類に大別される。第一は、視覚伝達に関するデザインである。これは、物を見たときの美しさを中心に考えるデザインで、広告、ポスターなどのグラフィック・デザインはこの種類に入る。第二は、生産品に関するデザインである。これは、私たちが生活するときの便利さなどを考えて製品の材料や機能や構造などを考えるデザインである。第三は、環境に関するデザインである。これは、建築、道路、公園など、いろいろな物のあいだの調和を考えるデザインである。

（参考：自由国民社版『現代用語の基礎知識』1986）

練習2

(1)上の［A］の文章は何について書かれたものか。次の中から選びなさい。

1　ある浮浪者の愛と別れ

2　ある花売り娘の愛

3　ある浮浪者と花売り娘との愛

⑵ 上の［B］の文章は何について書かれたものか。次の中から選びなさい。

　　1　「ワープロ」と「日本語の勉強」

　　2　「ワープロ」を使った「漢字の練習」

　　3　「ワープロ」での「遊び」

⑶ 上の［C］の文章は何について書かれたものか。次の中から選びなさい。

　　1　「デザイン」と物の美しさ

　　2　「デザイン」の意味と分類（ぶんるい）

　　3　「デザイン」と私たちの生活

練習3　　上の［A］、［B］、［C］の文章のテーマをよく考え、重要な部分に下線を引きなさい。

練習4　　上の［A］、［B］、［C］の文章の要約として適当なものを選びなさい。また、どうしてそれが一番いいのか、理由を述べなさい。

［A］

1．ある浮浪者が、目の見えない、貧しい花売り娘に心を引かれて、彼女のために一生懸命働いた。浮浪者はどろぼうと間違われて刑務所に入れられてしまうが、彼があげたお金で、娘は目をなおすことができた。しばらくして、刑務所から出た浮浪者は娘に会うが、彼女は彼がだれだかわからない。でも、彼の手にさわったとき、彼女はすべてを理解した。

2．ある浮浪者が、目の見えない、貧しい花売り娘に心を引かれて、彼女のために一生懸命働いた。ある日、浮浪者は金持ちの酔っぱらいに会い、その人からお金をもらう。だが、その酔っぱらいは、酔いがさめると、男に金をやったことを忘れてしまっていたので、男はどろぼうと間違われて刑務所に入れられてしまった。しかし、娘はそのお金で目をなおすことができたのである。

3．ある浮浪者が、目の見えない、貧しい花売り娘に心を引かれて、彼女のために金持ちからお金を盗む。浮浪者は刑務所に入れられるが、彼があげたお金で娘は目をなおすことができた。しばらくして、その浮浪者は花屋を経営する娘に会いに行くが、娘は彼がだれだかわからなかった。彼は悲（かな）しかったが、彼女の手にさわって昔（むかし）のことを思い出させた。

　　理由 ⎰ ⎱

02

［B］

1．ワープロは、日本語の勉強に大変役に立つ。まず、ワープロを使って手紙などを書くと、漢字をたくさんおぼえることができる。そして、主語、動詞、助詞などもよくわかる。このように、ワープロは日本語の勉強にとても役に立つ機械である。

2．ワープロは、まるでゲームのようだ。だから、ワープロを使うと、とても楽しく勉強ができる。漢字をおぼえるのも楽しいし、日本語の文章の理解が速くなるのもとても楽しいことである。外国人はみんなワープロをもっと利用すべきだと思う。

3．ワープロは、少しむずかしいが、日本語の勉強にはとても役に立つ。教科書の文章をワープロで打っていると、漢字の正しい読み方がおぼえられるし、文章を理解するのも速くなる。また、ワープロはゲームのようだから、とても楽しく勉強できる。

理由 ｛

［C］

1．「デザイン」は大きく三つの種類に大別されるが、その主な目的は、私たちが生活するときに必要な物について、その美しさだけでなく、機能や材料や構造などといっしょに考え、総合的に計画・設計することである。なぜ「デザイン」ということばを使うかというと、日本語の中には上に述べたような意味を全部表現することばがないからである。

2．「デザイン」とは、生活に必要な物の美しさ、機能、材料、構造などを考えて、総合的に計画・設計すること、および、そのようにして作り出された物のことである。デザインは、視覚伝達に関するもの、生産品に関するもの、環境に関するもの、の三つに大別される。

3．「デザイン」ということばは、物の美しさよりも、機能や材料や構造などをもっと大事に考え、総合的に計画・設計することを意味している。デザインは、次の三種類に大別される。第一は、視覚伝達に関するデザインである。第二は、生産品に関するデザインである。第三は、環境に関するデザインである。

理由 ｛

次の文章（500字程度）を読んで、150字程度で要約しなさい。

❖ **新聞の投書欄から** ❖

JA、JR、JRA、JT、JTB。これは、ここ10年以内に呼称を変更した日本の会社（または組織）である。カタカナ語やアルファベットの名前をつけるのは、日本語を軽んじているからではなかろうか。日本名だと、格好が悪く、今風ではないと考えて、こういう命名になるのだろうか。

日本人は外来語の略語を作るのが得意である。これは多用しすぎなければ、便利な点もあるが、時が流れると、原語が何だったか分からなくなる恐れがある。

ボディコン、パソコンの「コン」は、前者はコンシャス、後者はコンピューターの略であることを、頭の片隅では意識している必要があるだろう。同時に言葉を削りすぎて、原語が何だかわからないような略し方をしないように注意する必要がある。

また最近、プチ・ホテル、メルヘンチックなど、英語、ドイツ語、フランス語などをごちゃまぜにしたカタカナ語を見かける。日本語固有の言葉よりカタカナ語の方がモダンで、しゃれていて、商品の売れ行きにも影響するという思考が根底にはあるらしい。

造語を絶対にするな、とまで私は言わない。しかし、フランス語の形容詞に英語の名詞を結合するような造語はすべきでない。（東京都　成田秀章（医師38歳））

（朝日新聞、1992.11.9.朝刊より）

新聞や雑誌から1,500～2,000字程度の記事を読んで、その内容を400字以内にまとめなさい。

［付録］　様々なフォーム

♣ 生活上のいろいろな場面で必要になる、いろいろなフォームの用紙に適切に記入するし方を紹介する。

⑴　病院で初めて診察を受けるときに、患者が記入する用紙の書き方

例 ①　初診者カード

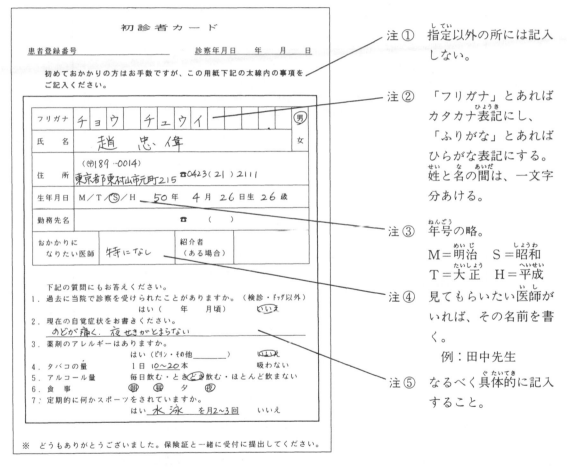

注①　指定以外の所には記入しない。

注②　「フリガナ」とあればカタカナ表記にし、「ふりがな」とあればひらがな表記にする。姓と名の間は、一文字分あける。

注③　年号の略。
M＝明治　S＝昭和
T＝大正　H＝平成

注④　見てもらいたい医師がいれば、その名前を書く。
　例：田中先生

注⑤　なるべく具体的に記入すること。

┌─ 注③の年号について ──────
　　西暦から年号への換算の方法
　　例）1960年生まれ＝昭和35年生まれ
　　　　60－ 25 ＝35
　　ただし、たいていの文書は西暦で書いても特に問題はない。
└─────────────────────

初 診 者 カ ー ド

患者登録番号 _____   診察年月日　　年　　月　　日

　　初めておかかりの方はお手数ですが、この用紙下記の太線内の事項を
ご記入ください。

フリガナ											男
氏　　名											女
住　　所	（〒　　－　　） ☎　（　　）										
生年月日	M／T／S／H　　　年　　　月　　　日生　　歳										
勤務先名	☎　（　　）										
おかかりに なりたい医師			紹介者 （ある場合）								

　　下記の質問にもお答えください。
1．過去に当院で診察を受けられたことがありますか。（検診・ドッグ以外）
　　　　　　　　　　　　　　　はい（　　年　　月頃）　　　いいえ
2．現在の自覚症状をお書きください。

　　_____
3．薬剤のアレルギーはありますか。
　　　　　　　　　　　　はい（ピリン・その他_____）　　　いいえ
4．タバコの量　　　　　1日 _____本　　・　　　吸わない
5．アルコール量　　　　毎日飲む・ときどき飲む・ほとんど飲まない
6．食　　事　　　　　　朝　　昼　　夕　　夜
7．定期的に何かスポーツをされていますか。
　　　　　　　　　　　　はい_____を月　　回　　　いいえ

※　どうもありがとうございました。保険証と一緒に受付に提出してください。

選択記号の付け方

a．1．朝　2．昼　3．夜　　　　…　〇で囲む

b．□ときどき　□あまり　□ぜんぜん　…　✓を記入する

c．（　）行く　（　）行かない　…　〇か✓を記入、×はあまり使わない

86

例 ② 歯科の予診表
(しか)(よしんひょう)

予 診 表

NO.＿＿＿＿＿＿＿

2002 年 8 月 2/日

おなまえ
モニカ・クーリエ
電話 03(3375) 7921

予診表は、診療のための大切な資料です。プライバシーは厳守いたしますので、できるだけ正確に記入してください。

1 どうなさいましたか
  ☑虫歯の治療をしたい　□歯並びを矯正したい
  □義歯を入れたい
  □歯の清掃をしたい　□検査をしてほしい

注 ①
当てはまる□には✓
を書き、(　　　)に
は具体的に記入する。

2 当院におみえになったのは
  □初めて　　☑(3ヶ月) 位前に来た
  □紹介されて　ご紹介者名
  (　　　　　　　　　　　)

3 どこがお痛みですか

右上	上前	左下
右下	上下	左上

  ☑歯　　□下
  □歯肉　□唇
  □頬　　□顎

4 痛みはいつから続いていますか
  □今日　□時々　☑(2)日前から
  □(　)週間前から　□(　)カ月前から

5 昨夜は
  □痛くなかった　☑痛かったが眠れた
  □眠れなかった　□薬を飲んだ
  (薬品名　　　　　　)

6 今は
  □痛くない　☑少し痛い　□ひどく痛い

7 痛み方は
  □ズキズキ痛い　□ずっと痛い
  ☑歯を合わせると痛い　□痛んだり止んだり

8 冷たいものは
  ☑しみる　□しみない

9 熱いものは
  ☑しみる　□しみない

10 今までに歯を抜いたことがありますか
  □ない　☑ある　□(　　)カ月前
  □(2〜3) 年前

11 今までに麻酔注射をしたり歯を抜いた時に異常はありませんでしたか
  □麻酔も歯を抜いたこともない　☑異常なし
  □気分が悪くなった　□発熱　□何日か痛んだ
  □貧血、めまい　□アレルギー　□腫れた
  □血が止まらなかった　□その他

注 ②
(ちゅうしゃ)(くすり)
注 射や薬に関して、
よくわからない点が
(かんご)
あれば、医師か看護
(ふ)
婦にたずねる。

12 現在薬を常用していますか
  ☑いいえ　□はい(薬品名　　　)

13 薬を飲んで副作用は
  ☑ない　□ある (　　　　　)

14 アレルギーや特異体質は
  ☑ない　□ある (　　　　　)

15 現在、健康状態は
  ☑良好　□普通　□悪い
  女性の方のみ　→　□生理中　□妊娠中(　ケ月)

16 診療費について
  ☑予め概算を聞きたい　□その必要はない

87

予　診　表

NO. _____

年　月　日

おなまえ
_____
電話　（　　　）

　　予診表は、診療のための大切な資料です。プライバシーは厳守いたしますので、できるだけ正確に記入してください。

1 どうなさいましたか
- □虫歯の治療をしたい　□歯並びを矯正したい
- □義歯を入れたい
- □歯の清掃をしたい　□検査をしてほしい

2 当院におみえになったのは
- □初めて　　　□（　　　）位前に来た
- □紹介されて　ご紹介者名
- （　　　　　　　　　　　　　　　　）

3 どこがお痛みですか

右上	上前	左下
右下	上下	左上

- □歯　□下
- □歯肉　□唇
- □頬　□顎

4 痛みはいつから続いていますか
- □今日　□時々　□（　　）日前から
- □（　　）週間前から　□（　　）カ月前から

5 昨夜は
- □痛くなかった　□痛かったが眠れた
- □眠れなかった　□薬を飲んだ
- （薬品名　　　　　　　　）

6 今は
- □痛くない　□少し痛い　□ひどく痛い

7 痛み方は
- □ズキズキ痛い　□ずっと痛い
- □歯を合わせると痛い　□痛んだり止んだり

8 冷たいものは
- □しみる　□しみない

9 熱いものは
- □しみる　□しみない

10 今までに歯を抜いたことがありますか
- □ない　□ある　□（　　　）カ月前
- □（　　　）年前

11 今までに麻酔注射をしたり歯を抜いた時に異常はありませんでしたか
- □麻酔も歯を抜いたこともない　□異常なし
- □気分が悪くなった　□発熱　□何日か痛んだ
- □貧血、めまい　□アレルギー　□腫れた
- □血が止まらなかった　□その他

12 現在薬を常用していますか
- □いいえ　□はい（薬品名　　　　　　　）

13 薬を飲んで副作用は
- □ない　□ある（　　　　　　　　）

14 アレルギーや特異体質は
- □ない　□ある（　　　　　　　　）

15 現在、健康状態は
　　女性の方のみ　──→
- □良好　□普通　□悪い
- □生理中　□妊娠中（　　ケ月）

16 診療費について
- □予め概算を聞きたい　□その必要はない

(2) 結婚披露宴 招待状の返信の書き方

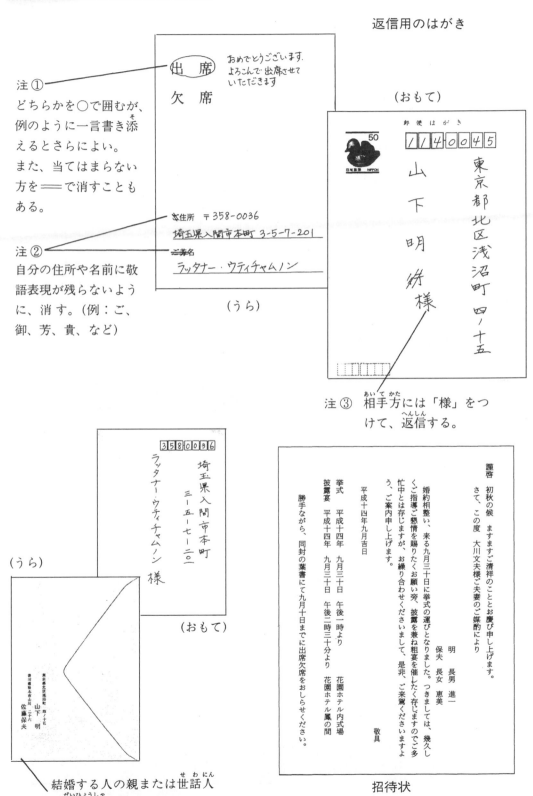

返信用のはがき

注①
どちらかを○で囲むが、例のように一言書き添えるとさらによい。また、当てはまらない方を＝＝で消すこともある。

出席 おめでとうございます。よろこんで出席させていただきます

欠 席

（おもて）

郵便はがき
50
日本郵政 NIPPON
1 1 4 0 0 4 5

東京都北区浅沼町四ノ十五

山下明辨様

注②
自分の住所や名前に敬語表現が残らないように、消す。（例：ご、御、芳、貴、など）

ご住所 〒358-0036
埼玉県入間市本町 3-5-7-201
ご芳名
ラッタナー・ウティチャムノン

（うら）

注③ 相手方には「様」をつけて、返信する。

---

3 5 8 0 0 3 6

埼玉県入間市本町

三一五一七一二〇一

ラッタナー・ウティチャムノン 様

（うら）

（おもて）

東京都北区浅沼町 四ノ十五 山下 明
埼玉県松本市山川 二十六 佐藤 保夫

結婚する人の親または世話人
や代表者の名前と住所

謹啓 初秋の候 ますますご清祥のこととお慶び申し上げます。
さて、この度 大川文夫様ご夫妻のご媒酌により

明 長男 進一
保夫 長女 恵美

婚約相整い、来る九月三十日に挙式の運びとなりました。つきましては、幾久しくご指導ご懇情を賜りたくお願い旁、披露を兼ね粗宴を催したく存じますのでご多忙中とは存じますが、お繰り合わせくださいまして、是非、ご来駕くださいますよう、ご案内申し上げます。

平成十四年九月吉日

挙式 平成十四年 九月三十日 午後一時より 花園ホテル内式場
披露宴 平成十四年 九月三十日 午後二時三十分より 花園ホテル鳳の間

勝手ながら、同封の葉書にて九月十日までに出席欠席をおしらせください。

敬具

招待状

89

出　席

欠　席

ご住所　〒

＿＿＿＿＿＿＿＿＿＿＿＿

ご芳名

＿＿＿＿＿＿＿＿＿＿＿＿

郵便はがき

50

日本郵便　NIPPON

| 1 | 1 | 4 | 0 | 0 | 4 | 5 |

東京都北区浅沼町四ノ十五

山下明行

⑶　図書館を利用するときの申込書の書き方

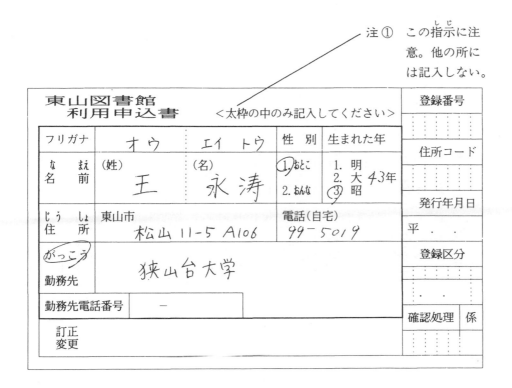

注①　この指示に注
意。他の所に
は記入しない。

東山図書館 利用申込書	＜太枠の中のみ記入してください＞			登録番号
フリガナ	オウ　エイ　トウ	性　別	生まれた年	住所コード
な　まえ 名　前	(姓) 王 (名) 永涛	①おとこ 2.おんな	1. 明 2. 大 43年 ③ 昭	発行年月日
じゅうしょ 住　所	東山市 松山 11-5 A106	電話(自宅) 99-5019		平　．　．
がっこう 勤務先	狭山台大学			登録区分
勤務先電話番号	－			確認処理　｜　係
訂正 変更				

練習

東山図書館 利用申込書	＜太枠の中のみ記入してください＞			登録番号
フリガナ		性　別	生まれた年	住所コード
な　まえ 名　前	(姓) (名)	1.おとこ 2.おんな	1. 明 2. 大　年 3. 昭	発行年月日
じゅうしょ 住　所	東山市	電話(自宅) －		平　．　．
がっこう 勤務先				登録区分
勤務先電話番号	－			確認処理　｜　係
訂正 変更				

(4) 銀行から別の人の口座にお金を振り込むときの振込依頼書の書き方

注① 鉛筆書きは不可。　　　　注② 太線の中だけ記入する。

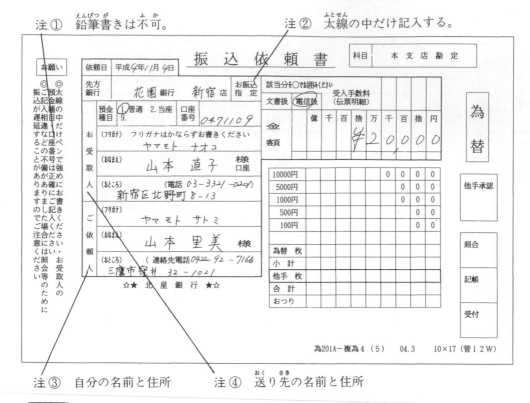

注③ 自分の名前と住所　　　　注④ 送り先の名前と住所

練 習

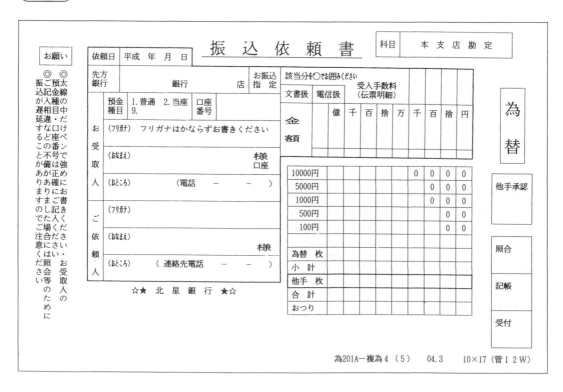

⑸ 履歴書の書き方

履歴書　平成 13 年 5 月 1 日現在

氏名　張　立涛（ちょう　りっとう）

昭和49年 2 月 20 日生（満 27 歳）　男・女

現住所　〒354-1131　埼玉県所沢市山口町2丁目2番5号

TEL（0424-）94-1113

年	月	学歴・職歴（各別にまとめて書く）
		学　歴
昭和61	7	中国陝西省西安市日峰小学校卒業
61	9	中国陝西省西安市第六中学校入学
元	7	同校卒業
元	9	中国陝西省西安市第三技術高等学校入学
7	同校卒業
9	4	東京インターナショナル日本語学院 日本語科入学
10	3	同校卒業
11	4	新宿電子技術専門学校入学
13	3	同校卒業
		職　歴
		なし
		賞　罰
		なし
		以上

自己紹介書　平成 13 年 5 月 1 日現在

氏名　張　立涛

現住所　〒354-1131　埼玉県所沢市山口町2丁目2番5号

TEL（0424-）94-1113

免許・資格・専門教育：普通自動車一種免許取得1年

年	月	
平成 12	7	

その他特記すべき事項

得意な学科：物理
スポーツ：サッカー
趣味：音楽鑑賞
健康状態：良好

志望の動機：中国語と日本語が話せる語学力を生かしながら、専門学校で身につけたソフトウェア・コンピュータに関する知識を生かして貴社に尽くしたい。

通勤時間　約 45 分

注意事項

　履歴書は職を得ようとするときはもちろん、学校を受験するときにも提出を求められることがある。履歴書の書き方でその人の人柄を判断する人も少なくない。履歴書に記入するときには、以下の点に注意すること。

93

注 ①日　付　提出日かその前日にする。

②氏　名　ふりがなはひらがなかカタカナか確かめて書く。

③本　籍　外国籍の場合は、国名を書く。

④現住所　郵便番号やアパート名、部屋番号も正確に書く。下宿の場合は、たとえば、「鈴木方」と書く。

⑤連絡先　現住所以外に連絡を希望する場合のみ、記入する。

⑥電　話　自宅や自室になくても、呼び出しが可能な場合は、たとえば「鈴木方呼び出し」と書く。

⑦写　真　横3cm縦4cm、3か月以内に撮ったもので、本人一人だけが写った、胸から上のものを糊付けする。

⑧数　字　固有名詞は漢数字で、番地や年月日は横書きなので算用数字で書く。

⑨学　歴　高等学校卒業から書き始め、卒業や入学など、項目毎に行を改めて記入する。

⑩職　歴　学歴の下に時期の古い順に記入する。同じ職場で職種が変わった場合や昇身についても記入する。退職や休職については、その理由を明記する。「日本留学のため退職」「学位取得のため休職」など。

⑪賞　罰　「なし」と書くのが一般的。

♣ここまで書き終えたら、最後に「以上」の一言を添える。

⑫免許・資格　日本で取得したもの、日本で通用するもののみ記入する。運転免許も切り替え手続きをすませれば有効。

⑬得意な学科　学校卒業後、すぐに就職する場合のみ記入する。

⑭趣　味　趣味の欄には好きなこと、興味を持っていることを書き、スポーツの欄には種目名を書く。

⑮健康状態　「良好」と書くのが一般的。

⑯志望の動機　意欲を示すことが大切。「大学での専門を生かしたい」「貴社の将来性を考えて」「貴社の業務内容が自分の性格に最適」など。

⑰家　族　既婚の子弟は除く。

⑱続　柄　家族との関係を書く。

⑲扶養家族　「配偶者以外」と指定されている場合は、収入のない子弟や同居の祖父母などを指す。

⑳配偶者の扶養義務　配偶者が無職か一定の年収以下の場合は義務がある。

㉑保護者欄　未成年者のみ記入。

♣その他、一般的な注意

・かならず自分で書く。代筆は不可。

・鉛筆書きは不可。青または黒のペンで書く。

・一字でも書き損じたら、新しい用紙に書く。インク消しや修正液は不可。

・履歴書を入れる封筒の表、左上に「履歴書在中」と赤で書く。

單　字　表

◎語彙リストの使い方

[自]：自動詞（intransitive verb）として使われる動詞

[他]：他動詞（transitive verb）として使われる動詞

[自][他]：自動詞・他動詞の兩方に使われる動詞：

[名]：名詞（noun）

[イ]：イ形容詞（イ-Adjective）

[ナ]：ナ形容詞（ナ-Adjective）

[副]：副詞（Adverb）

＊後ろに＜→[自]→[他]→[自][他]＞とあるものは、「一する」形で動詞になることを示す。

同様に、〈→[ナ]〉とあれば、ナ形容詞としても使われることを示す。

（接頭）：接頭詞（prefix）［語の前に付けて使われるもの］

（接尾）：接尾語（suffix）［語の後ろに付けて使われるもの］

（助當）：助詞相當語（particle equivalent）［語句全體で助詞と同じ働きをするもの］

（話体）：會話のスタイルであり、書き言葉として不適當なものであることを示す。

（あいさつ）：あいさつ語として形がきまっている表現であることを示す。

〔1〕

p.2

物　もの　[名]　物品、東西

形　かたち　[名]　形狀

物の形　もののかたち　物品、東西的形狀

状態　じょうたい　[名]　狀況、狀態

場所　ばしょ　[名]　地方、場所、位置

作文・技術　さくぶん・ぎじゅつ　[名]　寫作技巧、寫作方法

評価　ひょうか　[名]　評量、評價→[他]

度合　どあい　[名]　程度

非常・に　ひじょう・に　[副]　非常地

かなり　[副]　相當地

位置　いち　[名]　位置→[自]

一以内　一いない　[接尾]　在……以内、在……之内

東　ひがし　[名]　東、東方

西　にし　[名]　西、西方

南　みなみ　[名]　南、南方

北　きた　[名]　北、北方

(南)向き　(みなみ)むき　[接尾]　朝（南）

その他　そのた　其他、その他のN（＋名詞）其他的。

重要・表現　じゅうよう・ひょうげん　[名]　重要的文句表達法

比較　ひかく　[名]　比較　→[他]

〜と・くらべると　和〜比較的話

順序　じゅんじょ　[名]　順序

まず　[副]　首先

次に　つぎに　[副]　接下來

添加　てんか　[名]　增加　→[他]

また　此外

原因　げんいん　[名]　原因

そのため　因此、所以

逆接　ぎゃくせつ　逆接、逆態接續［だが、しかし、けれぞも］

だが　但是、可是

一すぎる　[接尾]　過（於）……、太……、過度……

表現　ひょうげん　[名]　表達用語　→[他]

95

探す　さがす　他　找尋
部分　ぶぶん　名　部分
下線　かせん　名　底線
(下線を) 引く　ひく　他　劃 (底線)
日・当たり　ひ・あたり　名　向陽。日照充足
一付き　一つき　接尾　附設、附加。風呂付きの部
　　　屋　附設浴室的房間
土地　とち　名　土地
値段　ねだん　名　價格、價位
建てる　たてる　他　建造
費用　ひよう　名　費用、花費
(費用が) かかる　自　(費用的) 開銷
(6)畳　(6)じょう　接尾　(6)畳大小 (房間) (計算
　　　榻榻米的單位，約3坪)
付く　つく　自　附有、附設
今でも　いまでも　至今仍然、至今依舊
残念　ざんねん　ナ　可惜
しかたがない　沒辦法、無計可施
銭湯　せんとう　名　公共澡堂
向かい　むかい　名　對面
環境　かんきょう　名　環境
(~に) 満足・する　まんぞく・する　自　滿足、
　　　對~感到滿足　→名

p.3
場合　ばあい　名　情況、情境
見つける　みつける　他　找到
かならず　副　一定、必定
できれば　可能的話
部屋・代　へや・だい　名　房租
がまん・する　他　忍耐、忍受　→名
違う　ちがう　自　不同、不一樣
礼金　れいきん　名　酬謝金 (租屋時贈送給房東的)
敷金　しききん　名　押金 (租屋時支付)
手数料　てすうりょう　名　手續費
新築　しんちく　名　新落成的建築物　→他
完備　かんび　名　一應俱全　→自他
徒歩　とほ　名　徒歩、歩行
良し　よし　良好
礼　れい　酬謝金的簡稱
敷　しき　押金的簡稱

手　て　手續費的簡稱
共同 (の)　きょうどう　公用 (的)、共用 (的)
例　れい　名　例子、範例
~の・ように　像~一樣、如~一般
契約　けいやく　名　簽約　→他
決める　きめる　他　選定、決定

p.4
絵　え　名　圖、畫
説明・する　せつめい・する　他　說明、解說　→名
加藤　かとう　加藤 [姓氏]
村山　むらやま　村山 [姓氏]
コンタクト・レンズ　名　隱形眼鏡
(~に) 合う　あう　自　適合~、與~相配、與~相稱
似合う　にあう　自　合適、搭配
楽　らく　ナ　省事、舒適

p.5
様子　ようす　名　景象、情況
この・辺　この・へん　這一帶、這附近
交通　こうつう　名　交通。交通の便　交通的便利性
利用・する　りよう・する　他　利用　→名
増える　ふえる　自　增加
(歩く) のに　對 (歩行) 而言
じゃま　ナ　有妨礙的
問題　もんだい　名　問題
食料・品　しょくりょう・ひん　名　食品
日用・品　にちよう・ひん　名　日常用品、生活用
　　　品
洋服　ようふく　名　西服　cf. 和服
下着　したぎ　名　內衣 (褲)
一なんか　接尾　……等
ずいぶん　副　相當地、十分地

p.6
都会　とかい　名　都市 (↔いなか郷村)
ひと休み・する　ひとやすみ・する　自　休息一
　　　下、歇歇腳　→名
小屋　こや　名　小木屋
登る　のぼる　自　攀登
気に入る　きにいる　喜愛、喜歡

96

印象　いんしょう　名　印象
印象に残る　留下印象

p.7

句読法　くとうほう　名　標點符號使用規則
規則　きそく　名　規則
句点　くてん　名　句點
読点　とうてん　名　逗點
途中　とちゅう　名　中段、中間
(点を) 打つ　うつ　他　標註 (標點符號)
構造　こうぞう　名　結構
明らか　あきらか　ナ　明確
明らかにする　讓~清楚、明確
つなぐ　他　銜接、連接
接続・語　せつぞく・ご　連接詞
文中 (に)　ぶんちゅう (に)　(在) 句中
歴史　れきし　名　歴史
興味　きょうみ　名　興趣
太郎　たろう　太郎 [男子名]
春子　はるこ　春子 [女子名]
約束　やくそく　名　約定、約會。→他　約束の時間 (約定的時間)
最初・に　さいしょ・に　副　最初、起先
引っ越し・する　ひっこし・する　自　搬家、遷居　→名
時代　じだい　名　時代、時期
描く　えがく　他　繪 (圖)、(在某人心中) 描繪
〔2〕

p.8

物事　ものごと　名　事物、事情
前後・関係　ぜんご・かんけい　名　前後關係
順序　じゅんじょ　名　順序
(~している) あいだ　(正在做) ~的那段期間
(~し) ないうちに　在還沒 (做) ~之前
~までに　在 (某時間) 之前 (＝~ないうちに)
開始・時点　かいし・じてん　名　開始的時間
(~して)・以來　(~して)・いらい　從~以來
変化　へんか　名　變化、改變　→自
(~する) ようになる　演變成~的樣子
意志　いし　名　意志
意図　いと　名　意圖　→他

予定　よてい　名　預定　→他
(~する) ことになっている　已變成~的情形、狀態
推測　すいそく　名　推測、猜想　→他
意外　いがい　ナ　意想不到的、預料之外的
展開　てんかい　名　發展、進展　→自他
出かける　でかける　自　外出、出門
いつも (は)　通常
(時間を) かける　耗費 (時間)
食事・する　しょくじ・する　吃飯、用餐
佐藤　さとう　佐藤 [姓氏]
田中　たなか　田中 [姓氏]
新宿　しんじゅく　新宿 〔地名〕
待ち合わせる　まちあわせる　會合、見面
コマーシャル　名　商業廣告
やる　他　做~
旅行　りょこう　名　旅行、旅遊　→自
手続き　てつづき　名　手續
旅行・会社　りょこう・がいしゃ　名　旅行社
しばらく　副　一陣子、一段期間
遅くとも　おそくとも (＝遅くても) 最晚、最遲

p.9

先・に　さき・に　副　首先、最先
同時　どうじ　名　同時
両方　りょうほう　名　兩者
完成・する　かんせい・する　自他　完成　→名
習慣　しゅうかん　名　習慣
(映画を) 見・終わる　み・おわる　他　看完 (電影)
参考　さんこう　名　參考。(~を) 参考にする，参考~、以~當作參考
曇り　くもり　名　陰天
のち　~之後
先々週　せんせんしゅう　名　上上個禮拜 (星期)、上上週
タイ・料理　タイ・りょうり　名　泰國菜
最近　さいきん　最近
ひさしぶり　名　相隔許久
(3日) 後　ご　接尾　(三天) 後
飯田橋　いいだばし　飯田橋 [地名]

結局 けっきょく 副 結果、最後

あきらめる 他 放棄

誕生・日 たんじょう・び 名 生日

p.10

ずっと 副 一直、始終、從頭到尾

文句 もんく 名 怨言　文句を言う。抱怨

(一週間) あと　(一週) 之後

途中・で とちゅう・で 在半路上、半途中

(～に) 寄る よる 自 順道在（某處）短暫停留

ところが 然而（用於表達非預期中或意外的情緒
　　　時）

板橋 いたばし 板橋 [地名]

待ち合わせ まちあわせ 名　（在事先約定的地
　　點）會合、見面

びっくり・する 自 嚇了一跳、吃了一驚

聞き・間違える きき・まちがえる 他 聽錯話

急いで いそいで 副 急急忙忙地

すっかり 副 極為（疲累）

p.11

スケジュール 名　行程表

この・ほか (に) 除此之外

起床 きしょう 名 起床→自

就寝 しゅうしん 名 就寝、上床睡覺→自

(～に) 遅れる おくれる 自 慢、晚。趕不上
　　（～）、來不及（～）。遅れている 遲到

昼間 ひるま 名 白天

留守 るす 名 不在家

開く あく 自 打開、開啓。開いている 開著

山田 やまだ 山田 [姓氏]

朝・寝坊 あさ・ねぼう 名 晚起的人

無理 むり ナ 不可能的

p.12

連用・中止 れんよう・ちゅうし 連用中止型（使
　　用日語動詞的連用型來連接兩個句子或中斷
　　句子的方法）

両親 りょうしん 名 父母、雙親

かび・臭い かび・くさい イ 發霉的

におい 名 味道

妹 いもうと 名 妹妹

寮 りょう 名 宿舍

動詞 どうし 名 動詞

直す なおす 他 修改

穴 あな 名 投幣孔

取り出す とりだす 他 取出

栓 せん 名 瓶塞

抜く ぬく 他 拔出

酒屋 さかや 名 酒舖

物価 ぶっか 名 物價

決して……ない けっして……ない 絕對不是
　　　　……、絕非……

横浜 よこはま 横濱 [地名]

たずねて・行く 他 前去拜（造）訪、前去探問

(食べ) ずに (たべ) ずに 未（進食、用餐）

〔3〕

p.13

仕組み しくみ 名 結構

手順 てじゅん 名 先後順序

方法 ほうほう 名 方法

条件 じょうけん 名 條件

目的 もくてき 名 目的

文章 ぶんしょう 名 文章

タイトル 名 題目、標題

利用・券 りよう・けん 名 借書證

必要 ひつよう ナ 必須的、必要的

市内 しない 名 市區

通勤・する つうきん・する 自 上班 →名

通学・する つうがく・する 自 上學 →名

カウンター 名 服務台

利用・申込・書 りよう・もうしこみ・しょ 名
　　借書申請表

住所 じゅうしょ 名 住址

勤務・先 きんむ・さき 名 工作地點

書き・込む かき・こむ 他 填寫

祝日 しゅくじつ 名 假日

休館・日 きゅうかん・び 名 休館日、休息日

閉まる しまる 自 關閉

建物 たてもの 名 建築物

返却・ポスト へんきゃく・ポスト 名 還書箱
　　（休館時供讀者還書用的置書箱）

p.14

内容　ないよう　名　內容
スタイル　名　形式
ふつう・体　ふつう・たい　名　常體（普通形）
ごみ　名　灰塵、塵土
今朝　けさ　今天早上、今天早晨
真っ赤　まっか　ナ　通紅
(痛くて)たまらない　（痛得）受不了
初診　しょしん　名　初診
診察・券　しんさつ・けん　名　診療卡、診療單
窓口　まどぐち　名　掛號窗口
眼・科　がん・か　名　眼科
受け・取る　うけ・とる　他　領取
医者　いしゃ　名　醫師、醫生、大夫
状態　じょうたい　名　病情、症狀
申し込み・用紙　もうしこみ・ようし　名　申請表、申請書
保険・證　ほけん・しょう　名　健保卡、保險證
カルテ　名　病歷表（源自德語的 Karte）
治療・する　ちりょう・する　他　治療　→名

p.15

診察　しんさつ　名　看診、診療　→他
台湾　たいわん　台灣
泊まる　とまる　自　借宿、過夜
成田　なりた　成田（機場）
発つ　たつ　自　出發、起飛
飛行機　ひこうき　名　飛機
帰国・する　きこく・する　自　返國、歸國　→名
荷物　にもつ　名　行李
リムジンバス　名　機場巴士
ターミナル　名　終點站
チェックイン・する　自　辦理……登錄　→名
市ヶ谷・駅　いちがや・えき　市谷車站
神保町・駅　じんぼうちょう・えき　神保町車站
水天宮前・駅　すいてんぐうまえ・えき　水天宮前車站
秋葉原・駅　あきはばら・えき　秋葉原車站
迎え（に行く）　むかえ（に行く）　（到機場）接機
スカイライナー　Skyliner 號（行駛於成田機場與

上野之間的特快車）
p.16

どうやって　如何做……
洗濯・機　せんたく・き　名　洗衣機
クリーニング・屋　クリーニング・や　名　洗衣店
分ける　わける　他　分開
街　まち　名　街道
コインランドリー　名　投幣式自助洗衣店
洗剤　せんざい　名　洗衣粉、洗潔劑
(～に)アイロンをかける　熨燙（衣物）
かわかす　他　曬乾、烘乾、撑乾

p.17

理由　りゆう　名　理由
時　とき　名　時間
示す　しめす　他　表示
節　せつ　名　子句
複雑　ふくざつ　ナ　複雜的
タクシー・代　タクシー・だい　名　計程車費
事故　じこ　名　意外事故
発生・する　はっせい・する　自他　發生　→名
レバー　名　操縱桿
引く　ひく　他　拉開
列車　れっしゃ　名　列車
角　かど　名　轉角
曲がる　まがる　自　轉彎
説明・書　せつめい・しょ　名　說明書
線　せん　名　電線
スピーカー　名　擴音器
(～に／へ)もどる　自　回到～
やり・直す　やり・なおす　他　重做、再做
十分　じゅうぶん　ナ　足夠的
家庭　かてい　名　家庭
要る　いる　自　需要

〔4〕
p.18

因果・関係　いんが・かんけい　因果關係
～の・ため・に　因為～（通常用在表示起因於不好或不受歡迎的因素）
～の・おかげ・で　託～福、多虧了～緣故（感謝

99

他人時使用。有時亦用於諷刺不受歡迎的人或事)

~の・せい・で　由於~緣故、受~之累，所以……

範囲　はんい　[名]　範圍

不要　ふよう　[名]　不需要　→[ナ]

コンビニエンス・ストア　[名]　便利商店

パン　[名]　麵包

おにぎり　[名]　飯糰

トイレット・ペーパー　[名]　衛生紙

そろう　[自]　一應俱全。そろっている　齊全

その上　そのうえ　另外、再加上

一人・暮らし　ひとり・ぐらし　[名]　獨居

男性　だんせい　[名]　男性

女性　じょせい　[名]　女性

パック・入り　パック・いり　立即可食的盒裝食品

おかず　[名]　小菜、菜餚

弁当　べんとう　[名]　飯盒

電気・代　でんき・だい　[名]　電費

電話・代　でんわ・だい　[名]　電話費

コピー・機　コピー・き　[名]　影印機

一ばかり　[接尾]　只有……

車　くるま　[名]　汽車

バイク　[名]　機車、摩托車

エンジン　[名]　引擎

大声・で　おおごえ・で　用很大的聲音

お・菓子　お・かし　[名]　點心、糖果

アイスクリーム　[名]　冰淇淋

袋　ふくろ　[名]　手提袋

捨てる　すてる　[他]　丟棄、拋棄

以前　いぜん　以往、以前

汚い　きたない　[イ]　骯髒

近所　きんじょ　[名]　附近。近所の人たち　鄰居

p.19

点　てん　[名]　特點

テレビ・ゲーム　[名]　電視遊樂器的遊戲

昔　むかし　從前、往昔

コンピュータ　[名]　電腦

元気がない　げんきがない　無精打采的

脂肪　しぼう　[名]　脂肪

計算　けいさん　[名]　計算　→[他]

p.20

自分・のN　じぶん・のN　自己的（＋名詞）

急・に　きゅう・に　[副]　突然地

(2) 倍　(2) ばい　[接尾]　(兩) 倍

町　まち　[名]　城鎮

緑　みどり　[名]　綠色（植物）

住民　じゅうみん　[名]　居民

運動　うんどう　[名]　活動　→[自]

新幹線　しんかんせん　新幹線

信号・機　しんごう・き　[名]　交通號誌

故障　こしょう　[名]　故障　→[自]

名古屋　なごや　名古屋 [地名]

ノロノロ・運転　ノロノロ・うんてん　車行緩慢

混む　こむ　[自]　擁擠。混んでいる　壅塞的狀態

工事　こうじ　[名]　工程　→[自]

片側　かたがわ　[名]　單側、單邊

通る　とおる　[自]　通行

渋滞・する　じゅうたい・する　[自]　交通堵塞　→[自]

p.21

結果　けっか　[名]　結果

流す　ながす　[他]　排放

一生懸命・に　いっしょうけんめい・に　[副]　拼命地、努力地

離れて生活する　はなれてせいかつする　分別居住（＝別々に住む）

家族　かぞく　[名]　家人

ゲームセンター　電動遊樂場

句　く　[名]　語句

節　せつ　[名]　段落

まとまり　[名]　連貫性、一致性

はっきり・する　[自]　清楚分明　→[副]

自由・に　じゆう・に　[副]　自由自在地

(まるで) ~かのように　(簡直) 就像~一般

ただ　[副]　只是

だまる　[自]　沈默不語。だまっている　不發一語

ボタン　[名]　按鈕

(5) 秒　(5) びょう　(5) 秒

香港　ホンコン　香港

お・祝い　お・いわい　名　賀禮

(旅行) 中　（りょこう）ちゅう　接尾　(旅遊) 中

地球　ちきゅう　名　地球

気候　きこう　名　氣候

影響　えいきょう　名　影響。→自　影響を与える　對~造成影響

増加　ぞうか　名　增加　→自他

〔5〕

p.22

行為　こうい　名　行爲、行動

理由　りゆう　名　理由

目的　もくてき　名　目的

希望　きぼう　名　期望　→他

提案　ていあん　名　建議　→他

ビザ　名　簽證

延長　えんちょう　名　延長、延後　→他

体重　たいじゅう　名　體重。体重を減らす　減輕體重

ジョギング　名　慢跑

技術　ぎじゅつ　名　技術、技能

身につける　みにつける　學會

(大) けが　（おお）けが　(重) 傷

入院・する　にゅういん・する　自　住院　→名

欠勤・届　けっきん・とどけ　名　請假單、假條

国外　こくがい　名　海外、國外

p.23

拝啓　はいけい　（あいさつ）　敬啓者（書信開頭語）

その後いかがお過ごしでしょうか　そのごいかがおすごしでしょうか　（あいさつ）上次別（魚雁往返）後，是否安然無恙?

教科書　きょうかしょ　名　教科書

梅雨　つゆ　名　梅雨

季節　きせつ　名　季節

気持ち　きもち　名　感受

実は　じつは　其實、老實說

相談・する　そうだん・する　他　商量　→名

将来　しょうらい　名　將來

文法　ぶんぽう　名　文法

表現・方法　ひょうげん・ほうほう　表達方式

研究・する　けんきゅう・する　他　研究、鑽研　→名

(~に) 賛成・する　さんせい・する　自　贊成 (~)　→名

情報　じょうほう　名　訊息

ありがたい　イ　感激的

修士　しゅうし　名　碩士

学位　がくい　名　學位

可能　かのう　ナ　可能

もし可能なら　もしかのうなら　如果可能的話

博士・課程　はくし・かてい　名　博士課程

(~に) 進む　すすむ　自　進修到（~階段）、研讀到（~階段）

学費　がくひ　名　學費

生活・費　せいかつ・ひ　名　生活費

準備・する　じゅんび・する　他　準備　→名

経済・的　けいざい・てき　ナ　經濟上的

経済的なこと　けいざいてきなこと　財務上的問題、經濟上的問題

アドバイス　名　建議　→他

それでは　那麼就（走筆至此）（語氣轉折之接續詞）

めんどう　名　不情之請、麻煩　→ナ

どうかよろしくお願いいたします　どうかよろしくおねがいいたします　（あいさつ）請惠予提攜、指教、協助（此語用於懇求對方幫忙時）（問候語）

ご家族の方によろしくお伝えください　ごかぞくのかたによろしくおつたえください　（あいさつ）請代為問候您的家人（問候語）

敬具　けいぐ　（あいさつ）　敬上（信末的問候語）

田中・良夫　たなか・よしお　田中良夫[男子的姓名]

p.24

並べ・換える　ならべ・かえる　重新排列

政府　せいふ　名　政府

奨学金　しょうがくきん　名　獎學金

コンピュータ・技術　コンピュータ・ぎじゅつ　名　電腦科技

できるだけ(多く)　儘可能（多）～
社員　しゃいん　名　公司職員
特別・手当　とくべつ・てあて　特別獎勵金、額外津貼
取引　とりひき　名　交易、買賣
機会　きかい　名　機會
実際・に　じっさい・に　副　事實上
国際・電話　こくさい・でんわ　國際電話
不・自由　ふ・じゆう　ナ　不太稱心如意、感到不便
やっと　副　終於、好不容易
小説　しょうせつ　名　小説

p.25
悩み　なやみ　名　煩惱、困擾
～に・対して　～に・たいして　助当　對於～、關於～
ヒント　名　提示
(～す)べき・だ　應該（做～）、必須（做～）
述べる　のべる　他　敘述
つまらない　イ　無聊的、無趣的
おぼえる　他　記住
一番・のN　いちばん・のN　最重要的（＋名詞）
効果・的　こうか・てき　ナ　有效的

p.26
けんか　名　爭吵、爭執　→自
もしかしたら～かもしれない　説不定會～、或許會～
連れて来る　つれてくる　他　把（～人）帶來
他人　たにん　名　別人、他人
推薦・する　すいせん・する　他　推薦　→名
原稿・用紙　げんこう・ようし　名　稿紙

p.27
語句　ごく　名　詞句
修飾　しゅうしょく　名　修飾　→他
飛び出す　とびだす　自　衝出
(～に)ぶつかる　自　撞上（～）、撞到（～）
区切り　くぎり　名　段落
不思議　ふしぎ　ナ　奇怪的、不可思議的
上田　うえだ　上田 [姓氏]

忘れ物　わすれもの　名　失物
めずらしい　イ　罕見的、稀有的
地位　ちい　名　地位、身份

〔6〕
p.28
共通・点　きょうつう・てん　名　共同點、共通之處
類似・点　るいじ・てん　名　類似之處
相違・点　そうい・てん　名　不同之處、相異之處
共通　きょうつう　名　共同、共通　→自
比較　ひかく　名　比較　→他
対照　たいしょう　名　對照　→他
相違　そうい　名　不同、差異　→自
伝聞　でんぶん　名　傳聞
習慣　しゅうかん　名　習慣
報告　ほうこく　名　報告　→他
病気・の・人　びょうき・の・ひと　病人、病患
見舞う　みまう　他　探病
適当　てきとう　ナ　適當的
品物　しなもの　名　物品
～に・よって　助当　根據～、依據～
鉢・植え　はち・うえ　名　植栽、盆栽
カーネーション　名　康乃馨
バラ　名　玫瑰
花束　はなたば　名　花束
一般・的　いっぱん・てき　ナ　普遍的
～に・よると　助当　根據～的説法、依據～的説法
根　ね　名　根部
寝つく　ねつく　自　臥病在床、久臥病榻
(～た)まま・になる　持續（～）的狀態
連想・する　れんそう・する　他　聯想　→名
マナー　名　禮節、禮貌
それに対して　それにたいして　對照之下
一般・に　いっぱん・に　副　一般而言
長持ち・する　ながもち・する　自　持久、耐久　→名
長生き　ながいき　名　長壽　→自
造花　ぞうか　名　人造花
タブー　名　禁忌、忌諱
ごく　副　非常地

挙げる あげる 他 列舉
大山 おおやま 大山 [姓氏]
大川 おおかわ 大川 [姓氏]
身長 しんちょう 名 身高

交通・手段 こうつう・しゅだん 交通工具
成田・エクスプレス なりた・エクスプレス 成田機場直達電車
新宿 しんじゅく 新宿 [地名]
池袋 いけぶくろ 池袋 [地名]
所要・時間 しょよう・じかん 名 所需時間
正確 せいかく ナ 準確的（時間）
予約 よやく 名 預約 →他
ラジカセ 名 收錄音機
~電器・K.K ~でんき・K.K. 名 ~電器股份有限公司
高速 こうそく 名 高速
ダビング 名 轉錄、拷貝錄音（影）帶 →他
(日本)製 (にほん)せい 接尾 （日本）製造

サイクリング 名 騎自行車兜風
お・寺 お・てら 名 寺廟
神社 じんじゃ 名 神社
旅館 りょかん 名 日式旅館
(2)泊 (2)はく 接尾 停留（兩）夜
休日 きゅうじつ 名 假日
過ごし・方 すごし・かた 生活的方式

〔7〕
引用 いんよう 名 引用 →他
伝聞 でんぶん 名 傳聞
~と・答えている ~と・こたえている （他/她）回答說~
~と・述べている ~と・のべている （他/她）說道~
疑問 ぎもん 名 問題
提示 ていじ 名 提出、提示 →他

佐々木 ささき 佐佐木 [姓氏]
記事 きじ 名 新聞報導
やっぱり 副 話体 果然
入学 にゅうがく 名 入學 →自
制度 せいど 名 制度
~んじゃないでしょうか 話体 我想大概是~吧?
~っていうと 話体 提到~的話
比較・的 ひかく・てき 副 相較之下
その・かわり 相反地
~と・違って ~と・ちがって 有別於~、與~不同
~ってことだ 話体 也就是說~

調査 ちょうさ 名 調查、訪查 →他
平均 へいきん 名 平均 →自 他
~（の）に・対して 相對於（~）、與（~）相較之下
~という 據說
ある N 某個~、某項~（＋名詞）
予習 よしゅう 名 預習 →他
復習 ふくしゅう 名 複習 →他
ほとんど……ない 幾乎沒有
せっかく……のに 儘管……卻……
入学・試験 にゅうがく・しけん 名 入學考試、入學測驗
(~に)合格・する ごうかく・する 自 通過（~考試）→自
あとは 之後、接下來
一方 いっぽう 另一方面
逆 ぎゃく 名 相反
加藤 かとう 加藤 [姓氏]
今度 こんど 近日內
引っ越す ひっこす 自 搬家、遷居

経営・学 けいえい・がく 名 經營學、企管學
専攻・する せんこう・する 他 專攻、主修 →名
特別 とくべつ ナ 特別、特殊
貿易・会社 ぼうえき・がいしゃ 名 貿易公司
休暇 きゅうか 名 假期
海外・旅行 かいがい・りょこう 名 出國旅遊

まとまった休み まとまったやすみ 長假

ゆとり （時間及金錢上）有餘裕

新聞・記者 しんぶん・きしゃ 名 新聞記者

サラリーマン 名 薪水階級

高田 たかだ 高田 [姓氏]

研究・員 けんきゅう・いん 名 研究員

現在 げんざい 名 現在

(30)代・の（人） (30) だい・の（ひと） （三十）幾歳的（人）(30~39歳)

自由・時間・デザイン・協会 じゆう・じかん・デザイン・きょうかい 閒暇規劃協會

余暇 よか 名 空閒時間、餘暇

重視・する じゅうし・する 他 重視 →名

アンケート 名 問卷 （源自法語 enquete）

半分 はんぶん 名 一半

要するに ようするに 簡單來說

見方 みかた 名 看法、見解

必死・に ひっし・に 副 拼命地

手に入る てにはいる 獲得、得到

反映・する はんえい・する 他 反映 →名

なるほど 原來如此

p.35

全体 ぜんたい 名 全體

年代 ねんだい 名 年代

戦争 せんそう 名 戰爭

配給・制 はいきゅう・せい 名 配給制度、配給制

貧しい まずしい イ 貧窮的、貧困的

佐々木・和子 ささき・かずこ 佐佐木和子 [人名]

豊か・さ ゆたか・さ 名 富足、富裕

伝統・的 でんとう・てき ナ 傳統的

食品 しょくひん 名 食品、食物

豆腐 とうふ 名 豆腐

欠かせない かかせない イ 不可或缺的、必須的

奈良・時代 なら・じだい 奈良時代

伝わる つたわる 自 傳入

小林・和夫 こばやし・かずお 小林和夫 [男子姓名]

食物 しょくもつ 名 食物、食品

文化・史 ぶんか・し 名 文化史

活用・する かつよう・する 他 活用、有效利用 →名

昨年 さくねん 去年

ごろごろ・する 自 無所事事、虛擲光陰

(4)割 (4)わり 接尾 （四）成，(40)%

p.36

段落 だんらく 名 文章的段落

原則 げんそく 名 原則

原則・として げんそく・として 原則上

文字 もじ 名 文字

記号 きごう 名 符號

例外 れいがい 名 例外

横・書き よこ・がき 名 橫寫、橫向書寫 （↔縦書き 直寫、直行書寫）

算用・数字 さんよう・すうじ 名 阿拉伯數字

アルファベット 名 英文字母

位置 いち 名 位置

西暦 せいれき 名 西元

パーセンテージ 名 百分比

略・す りゃく・す 他 省略 →名

小数点 しょうすうてん 名 小數點

中央 ちゅうおう 名 中間、中央

行 ぎょう 名 行列

縦・書き たて・がき 直寫、直行書寫。 （↔横書き 橫寫、橫向書寫）

p.37

途中・で とちゅう・で 在中間

区切る くぎる 他 斷句

詳しい くわしい イ 詳細的

引用・部 いんよう・ぶ 名 引用的部分

強調・する きょうちょう・する 他 強調 →名

先月 せんげつ 上個月

囲む かこむ 他 框住、圍住

言いかえ いいかえ 名 另一說法

はさみ・こむ 他 插入

省略・する しょうりゃく・する 他 省略 →名

表す あらわす 他 表示、表達

残念 ざんねん ナ 遺憾

列挙・する れっきょ・する 他 列舉 →名

序論 じょろん 名 序論

本論 ほんろん [名] 主文
結論 けつろん [名] 結論
外来・語 がいらい・ご [名] 外來語
大統領 だいとうりょう [名] 總統
〔8〕

p.38
意見・述べ いけん・のべ 陳述意見
判断 はんだん [名] 判斷 →[他]
否定 ひてい [名] 否定 →[他]
主張 しゅちょう [名] 主張 →[他]
例示 れいじ [名] 舉例說明 →[他]
付加 ふか [名] 附加 →[他]
出来事 できごと [名] 事情
可能・性 かのう・せい [名] 可能性
意外 いがい [ナ] 意外的
結果 けっか [名] 結果
投書・欄 とうしょ・らん [名] 讀者投書欄
読者 どくしゃ [名] 讀者
声 こえ [名] 心聲
突然・死 とつぜん・し [名] 猝死
倒れる たおれる [自] 倒下
運ぶ はこぶ [他] 運送
信じる しんじる [他] 相信
恐ろしい おそろしい [イ] 恐怖的、可怕的
人間・関係 にんげん・かんけい [名] 人際關係
ストレス [名] 壓力
自信 じしん [名] 自信
かえって [副] 相反地
無理をする むりをする 工作過度（勞累）

p.39
実・に じつ・に [副] 實在是
さびしい [イ] 寂寞的、孤獨的
人生 じんせい [名] 人生
のんびり [副] 悠閒地
気がする きがする 覺得
若い わかい [イ] 年輕的
(~に) 夢中になる むちゅうになる 熱中於
　　（~）、過於投入（~）
ゆっくり [副] 慢慢地、緩慢地
北海道 ほっかいどう 北海道 [地名]

谷口・ゆきえ たにぐち・ゆきえ 谷口雪江 [女
　子姓名]
筆者 ひっしゃ [名] 執筆者、寫作者
生き・方 いき・かた [名] 生活方式

p.40
田中 たなか 田中 [姓氏]
大木 おおき 大木 [姓氏]
山下 やました 山下 [姓氏]
塾 じゅく [名] 補習班
かわいそう [ナ] 可憐的
しかたない [イ] 不得已的
だって [話体] 話雖如此……
それに 再說……、更何況
記憶・力 きおく・りょく [名] 記憶力
夕食 ゆうしょく [名] 晩餐
ハンバーガー [名] 漢堡
~みたい・だ [話体] 似乎是~
へえー 喔！

p.41
疲れる つかれる [自] 疲倦
~に・とって [助当] 對~而言
N と同じくらい~ 幾乎和（＋名詞）同樣~
面 めん [名] 方面
広告 こうこく [名] 廣告
あなた自身のN あなたじしんのN 你自己的（＋
　名詞）
考え かんがえ [名] 意見、想法
傾向 けいこう [名] 風潮
対策 たいさく [名] 因應對策
これで決まり！ これできまり！ 就這麼決定
　吧！
指輪 ゆびわ [名] 戒指
紹介・する しょうかい・する [他] 介紹 →[名]
一軒・家 いっけん・や [名] 獨棟式、獨門獨院
仕上げ しあげ [名] 以~做爲結尾、最後
絶対 ぜったい [副] 絕對
お・すすめ [名] 推薦
(50) 選 (50) せん 精選 (50) 家
演出・する えんしゅつ・する [他] 製作演出 →[名]
伝わる つたわる [自] 傳達

完璧　かんぺき　ナ　十全十美、非常完美

p.42

お・互い　お・たがい　互相

相手　あいて　名　對方

努力・する　どりょく・する　自　努力　→名

〔9〕

p.43

変化　へんか　名　變化　→自

推移　すいい　名　變遷、演變　→自

過程　かてい　名　過程

~に・つれて　助当　隨著~

話題　わだい　名　話題

提示　ていじ　名　提示　→他

実行・する　じっこう・する　他　實行、進行　→名

持続　じぞく　名　持續　→自

可能・性　かのう・せい　名　可能性

意志　いし　名　意志

小川・幸子　おがわ・さちこ　小川幸子〔女子姓名〕

(お) 便り　(お) たより　名　信件

紅葉　こうよう　名　楓紅

すばらしい　イ　壯麗的

あっという間に　あっというまに　一瞬間、刹那之間

計画　けいかく　名　計畫　→他

だいぶ　副　大致上

(~に) 慣れる　なれる　自　習慣於 (~)

どんどん　副　陸陸續續

ところで　言歸正傳、話說……

~の・こと・だ　關於~

なつかしいでしょう?　你應該還記得吧? 大概很懷念吧?

就職・する　しゅうしょく・する　自　就業　→名

市場・調査　しじょう・ちょうさ　名　市場調査

p.44

(仕事) の関係で　(しごと) のかんけいで　因爲 (工作) 的關係

風邪　かぜ　名　感冒

追伸　ついしん　名　附註

都合　つごう　名　您方便的時間

春　はる　名　春

夏　なつ　名　夏

秋　あき　名　秋

冬　ふゆ　名　冬

内容　ないよう　名　内容

(V―つつ) ある　(表示動作繼續進行態)　正在……

p.45

~に・代わって　~に・かわって　代替~

返事　へんじ　名　回信

アンモナイト　名　鸚鵡螺

化石　かせき　名　化石

地殻　ちかく　名　地殻

変動　へんどう　名　變動　→自

降り・積もる　ふり・つもる　沈積

残る　のこる　自　殘留

土砂　どしゃ　名　砂土

貝殻　かいがら　名　貝殻

p.46

海底　かいてい　名　海底

ひびが入る　ひびがはいる　形成裂縫

落ち込む　おちこむ　自　掉落

腐る　くさる　自　腐爛

~として　助当　作爲

年表　ねんぴょう　名　年表

人物　じんぶつ　名　人物

経歴　けいれき　名　經歷

アルゼンチン　阿根廷 (Argentina)

ブエノスアイレス　布宜諾斯艾利斯 (Buenos Aires)

医学・部　いがく・ぶ　名　醫學系

出会う　であう　自　遇見

革命　かくめい　名　革命

(~に) 参加・する　さんか・する　自　參加 (~)　→名

決意　けつい　名　決定、決心　→他

キューバ　古巴 (Cuba)

(~に) 向かう　むかう　自　前往 (~)

成功　せいこう　名　成功　→自

同年 どうねん 同一年
国立・銀行 こくりつ・ぎんこう 名 國家銀行
総裁 そうさい 名 總裁
任命 にんめい 名 任命 →他
工業・省 こうぎょう・しょう 名 工業部
(～の) 担当・大臣 たんとう・だいじん 名 擔任
　　(～) 首長
去る さる 自 離開
ボリビア 玻利維亞 (Bolivia)
指導・する しどう・する 他 指導 →名
戦死 せんし 名 戰死 →自
出会い であい 名 相遇

p.47
小泉・八雲 こいずみ・やくも 小泉八雲 [男子姓
　　名]
本名 ほんみょう 名 本名
来日 らいにち 名 赴日、前往日本 →自
松江 まつえ 松江 〔地名〕
中学 ちゅうがく 名 中學 (明治時期)
小泉・節子 こいずみ・せつこ 小泉節子 [女子
　　姓名]
帰化 きか 名 歸化、入籍 →自
第・五・高等・学校 だい・ご・こうとう・がっ
　　こう 第五高級中學
現在のN げんざいのN 現在的 (＋名詞)
熊本・大学 くまもと・だいがく 熊本大學
早大 そうだい 早稻田大學的簡稱
東大 とうだい 東京大學的簡稱
英・文学 えい・ぶんがく 名 英國文學
解雇・する かいこ・する 他 解雇 →名
怪談 かいだん 名 怪譚、怪談、鬼故事
執筆 しっぴつ 名 執筆寫作 →他
(～に) とりかかる 自 開始從事 (～)
翌― よく 接頭 次 (年)、隔 (年)
死亡 しぼう 名 死亡 →自
イメージ 名 印象 →他
食事 しょくじ 名 飲食
住居 じゅうきょ 名 居住
交通 こうつう 名 交通

〔10〕
P.48
さらに 副 更進一步地
地震 じしん 名 地震
冷静 れいせい ナ 冷靜地
行動 こうどう 名 行動 →自
専門・家 せんもん・か 名 專家
近い・将来 ちかい・しょうらい 不久的將來
確率 かくりつ 名 準確率
関東・大・震災 かんとう・だい・しんさい (關
　　東大地震 (1923 年發生在東京地區的大地
　　震)
昼食 ちゅうしょく 名 午餐
あちこち 到處
火事 かじ 名 火災
大・災害 だい・さいがい 名 大災難
したがって 因此
ガス・レンジ 名 瓦斯爐
消す けす 他 關掉、熄滅
逃げ・道 にげ・みち 名 逃生路線、退路
閉じ込める とじこめる 他 受困
逃げる にげる 自 逃生
階 かい 名 樓層
あと・は 之後
避難・する ひなん・する 自 避難 →名
安全 あんぜん ナ 安全的
冷靜・に れいせい・に 副 冷靜地
行動を取る こうどうをとる 採取行動

p.49
簡単・に かんたん・に 副 簡單扼要地
まとめる 他 加以歸納
発生・する はっせい・する 自 發生 →名
図 ず 名 圖
キャンプ 名 露營
ご飯 ごはん 名 米飯
炊き・方 たき・かた 名 煮法
なべ 名 鍋子
(2) 合 (2)ごう 接尾 合 (容量單位，1 合爲 180cc)
カップ 名 量杯
火にかける ひにかける 他 用火加熱

火・加減　ひ・かげん　火候、火的熱度
炊く　たく　他　炊煮
沸騰・する　ふっとう・する　自　沸騰　→名
強火　つよび　名　大火
中火　ちゅうび　名　中火
すると　如此一來
弱火　よわび　名　小火
ふた　名　鍋蓋
むらし　名　燜煮
まぜる　他　攪拌

p.50

メモ　名　筆記、備忘
材料　ざいりょう　名　材料
食パン　しょくパン　名　吐司麵包
きゅうり　名　小黄瓜
塩　しお　名　鹽
こしょう　名　胡椒
適量　てきりょう　名　適量
マヨネーズ　沙拉醬、美乃滋
マーガリン　名　人造牛油
手順　てじゅん　名　順序
ゆでる　他　水煮
つける　他　浸泡（水中）
中身　なかみ　名　夾層餡料
(たまご　の) から　名　(蛋) 殻
むく　他　剝除、剝去
細かく・切る　こまかく・きる　切碎
うすく・切る　うすく・きる　切薄片
ふる　他　撒上
(パンに) はさむ　他　夾入（兩片麵包）之間
ぬる　他　塗抹
のせる　他　放上
押さえる　おさえる　他　按壓
皿　さら　名　盤子
盛る　もる　他　盛裝

p.51

ルール　名　規則
人数　にんずう　名　人數
点数　てんすう　名　點數
配る　くばる　他　發（牌）、配（牌）

切る　きる　他　洗（牌）
一ずつ　接尾　各……
左・回り・に　ひだり・まわり・に　朝逆時針方向
表　おもて　名　正面
真ん中　まんなか　名　正中央
場・札　ば・ふだ　名　亮在桌上的牌
裏　うら　名　背面、反面
積む　つむ　他　堆疊起來
山・札　やま・ふだ　名　成堆待抽的牌
手・札　て・ふだ　名　手上的牌
種類　しゅるい　名　種類
集める　あつめる　他　收集
すでに　副　已經
ストップ　名　停止
終了・する　しゅうりょう・する　自　他　結束　→名
ジョーカー　名　鬼牌
有利　ゆうり　ナ　佔盡優勢
一巡・目　いちじゅん・め　名　第一輪、第一回合
取り換える　とりかえる　他　交換
すてる　他　放棄
一以降　接尾　一いこう　……以後
新しく・する　あたらしく・する　換新

p.52

合計　ごうけい　名　總分　→他
勝ち　かち　名　勝、贏
負け　まけ　名　敗、輸
決め・方　きめ・かた　名　判定方法
計算・する　けいさん・する　他　計算　→名
得点　とくてん　名　得分　→自
入っている　はいっている　混雜

p.53

カード・遊び　カード・あそび　名　橋牌遊戲
じゃんけん　名　猜拳（剪刀、石頭、布的遊戲）

〔11〕

p.54

挙げる　あげる　他　提出、舉出
推理　すいり　名　推論、推斷　→他

108

~にちがいない 一定是~

当然 とうぜん 副 當然、理所當然→名 ナ

意図 いと 名 意圖、打算 →他

解説 かいせつ 名 解說、說明 →他

根拠 こんきょ 名 根據

少子・化 しょうし・か 低生育率、少生孩子

時代 じだい 名 時代

出生・率 しゅっしょう・りつ／しゅっせい・り
　　つ 名 出生率

厚生・労働・省 こうせい・ろうどう・しょう
　　厚生勞動省（主管衛生、勞工及社會福利事
　　務的日本政府機關）

データ 名 資料

発表・する はっぴょう・する 他 發佈、公布 →
　　名

人口 じんこう 名 人口

(一人) あたり 接尾 （ひとり）あたり 毎（一
　　人）

(~を) 下回る したまわる 降低（~）

一人っ子 ひとりっこ 名 獨生子女

夫婦 ふうふ 名 夫婦、夫妻

さまざま ナ 各種

前半 ぜんはん 前半期

未婚の（N） みこんの（N）未婚的（＋名詞）

p.55

一人・目 ひとり・め 第一個（子女）

年齢 ねんれい 名 年齢、年紀

すぐに 副 立刻、馬上、隨即

めずらしい イ 稀有的、罕見的

どうしても 副 無論如何、不可避免地

大阪 おおさか 大阪 [地名]

大・都市 だい・とし 名 大城市、大都市

家賃 やちん 名 房租

ゆとりのある生活 舒適富足的生活

保育・所 ほいく・じょ 名 托兒所

足りない たりない イ 不足、不夠

勤務・時間 きんむ・じかん 名 上班時間

教育・費 きょういく・ひ 名 教育費用

出産 しゅっさん 名 生産 →自他

ためらう 自 猶豫

都市・生活 とし・せいかつ 名 都市生活

環境 かんきょう 名 環境

作り出す つくりだす 他 製造出

近年 きんねん 他 近幾年來

地方 ちほう 名 郷下地方

p.56

全国 ぜんこく 名 全國

男女 だんじょ 名 男女

~を・もと・に 助当 以~為基礎

鈴木 すずき 鈴木 [姓氏]

体験 たいけん 名 體驗 →他

思い込み おもいこみ 名 信以為真

こうして 如此這般地

あるとき 有一次

~だって 話体 我聽說~

(AをBと) 思い込む おもいこむ 他 確信（A
　　是B）

どうも 總覺得似乎……

昨年 さくねん 去年

会議 かいぎ 名 會議

発表・する はっぴょう・する 他 發表 →名

行う おこなう 他 進行

公用・語 こうよう・ご 名 官方語言

p.57

訂正・する ていせい・する 他 更正、糾正 →名

納得・する なっとく・する 他 接受 →名

完全・に かんぜん・に 副 完全地

効果 こうか 名 效果

確認・する かくにん・する 他 確認 →名

何年かあとで なんねんかあとで 經過幾年以後

事実 じじつ 名 事實

(英語が) 通じる つうじる 自 通曉（英文）

友人 ゆうじん 名 朋友

指摘・する してき・する 他 指正 →名

~に・ならって 仿照~

推理・する すいり・する 他 推斷 →名

前提 ぜんてい 名 前提

気温 きおん 名 氣溫

(0) 度 (れい) ど 接尾 (0) 度

一以下 ーいか 接尾 ……以下

低・気圧　てい・きあつ　名 低氣壓
天気・予報　てんき・よほう　名 天氣預報
今晩　こんばん　今晩

p.58

親子　おやこ　名 親子
兄弟　きょうだい　名 兄弟
姉妹　しまい　名 姉妹
裕子　ゆうこ　裕子 [女子名]
宏子　ひろこ　宏子 [女子名]
似ている　にている　相似、相像
夫　おっと　名 丈夫
ホームシック　名 思鄉病
離婚　りこん　名 離婚 →自他
差別　さべつ　名 歧視 →他

〔12〕
p.59

消極・的　しょうきょく・てき　ナ 消極的
行為　こうい　名 行爲
しかたなく〜する　不得已只好做〜
すすんで〜する　積極地去做〜
予感　よかん　名 預感 →他
予想　よそう　名 預測 →他
アルバイト　名 兼差、打工
もともと　副 原本、本來
副業　ふくぎょう　名 副業、兼職
経験・する　けいけん・する　他 親身體驗 →名
(授業を) さぼる　他 蹺 (課)、逃 (課)
サービス　名 服務 →自他
販売　はんばい　名 販賣、推銷 →他
第・3・次・産業　だい・3・じ・さんぎょう
　　第三產業
回答　かいとう　名 回答 →自
貯金　ちょきん　名 存錢、儲蓄 →自他
留学　りゅうがく　名 留學、出國深造 →自
費用　ひよう　名 費用
かせぐ　自 賺
社会・勉強　しゃかい・べんきょう　社會歷練、
　　社會體驗

p.60

ごく・少数　ごく・しょうすう　極少數
調査・結果　ちょうさ・けっか　調査結果
中心　ちゅうしん　名 重心
主　おも　ナ 主要的
労働　ろうどう　名 勞動 →自
尊さ　とうとさ／たっとさ　名 價值
得る　える　他 賺取
体験・する　たいけん・する　他 體驗 →名
意味がある　いみがある　有深遠的意義
本文　ほんぶん　名 正文
一以外　一いがい　……之外 (接尾語)
木村　きむら　木村 (姓氏)

p.61

記者　きしゃ　名 記者
すいません (←すみません)　　(あいさつ) 對
　　不起、抱歉 (問候語)
取材　しゅざい　名 採訪 →他
うかがう　他 請教
どうぞ　(あいさつ)　請 (應對語)
バイト・を・する　兼差、打工
ふだん　副 平常
コンビニ　名 便利商店
店員　てんいん　名 店員
家庭・教師　かてい・きょうし　名 家教、家庭教
　　師
力・仕事　ちから・しごと　名 勞力工作
先輩　せんぱい　名 前輩 (←→後輩)
頼む　たのむ　他 拜託、請託
交代・する　こうたい・する　自 換班 →名
キツい　辛苦的 (口語的表達方式)
手伝い　てつだい　名 幫手
一日・中　いちにち・じゅう　一整天
(バイト) 料　りょう　接尾 工資
〜って・いうか　話体 與其說是〜、該說是〜呢?
オーストラリア　澳洲
実は　じつは　副 事實上
夜中・に　よなか・に　半夜裡
時給　じきゅう　名 時薪
日数　にっすう　名 天數
比較・的　ひかく・てき　副 比較上

そう 如此

p.62
それぞれ 副 各項
貯める ためる 他 儲存
一度・に いちど・に 副 一次
ディスコ 名 迪斯可舞廳
外食・する がいしょく・する 自 在外用餐 →名
席 せき 名 座位
損・得 そん・とく 得失
スーパー 名 超級市場
正・不正 せい・ふせい 正確與否、對與錯
人の物 ひとのもの 他人之物
とる 他 竊取
好き・きらい すき・きらい 好惡、喜歡或不喜歡
(サッカー)部 ぶ 名 足球社

p.63
朝ねぼう・する あさねぼう・する 自 賴床 →名
誘う さそう 他 邀請

〔13〕
p.64
~という点で・は ~というてんで・は ~就~這一點而言
一方 いっぽう 另一方面
予想 よそう 名 預期 →他
関東 かんとう 關東（地區）
味 あじ 名 味道
関西 かんさい 關西（地區）
西洋 せいよう 西方國家
シチュー 名 西式菜肉濃湯
おでん 名 黑輪
煮込み・料理 にこみ・りょうり 燉煮的食物
共通・する きょうつう・する 自 相通的、共通的 →名 ナ
出来・上がる でき・あがる 自 煮好
ただ 只是
たっぷり 副 大量地、充分地
油 あぶら 名 用油
代表・的 だいひょう・てき ナ 典型的、具代表

性的
育つ そだつ 自 成長
おどろく 自 驚訝
こ・すぎる 過深
~を基本にして ~をきほんにして ~以~爲基礎、以~爲根本
味をつける あじをつける 調味
だし 名 高湯
煮物 にもの 名 燉煮的食物（用加醬油或其他調味料的高湯煮蔬菜或魚）
それに対して それにたいして 相對地
うすい イ （顏色）淺的
みりん 名 味醂、甜酒醋
このように 如此這般

p.65
塩分 えんぶん 名 鹽分、鹹度
ずっと 副 比起~（形容詞）得多
塩・からい しお・からい イ 鹹的
健康 けんこう 名 健康 →名イ
食べ・過ぎる たべ・すぎる 吃太飽、飲食過量
調味・料 ちょうみ・りょう 名 調味料

p.66
英和・辞典 えいわ・じてん 名 英日辭典
和英・辞典 わえい・じてん 名 日英辭典
英英・辞典 えいえい・じてん 名 英英辭典

p.67
自分・で じぶん・で 副 獨自、自行
性格 せいかく 名 性格、個性
趣味 しゅみ 名 興趣
比較・する ひかく・する 他 比較 →名

〔14〕
p.68
具体・的 ぐたい・てき ナ 具體的
事実 じじつ 名 事實
全体・的 ぜんたい・てき ナ 整體的、一般的
特徴 とくちょう 名 特徴、特色、特點
つかむ 他 抓住、掌握
例示 れいじ 名 舉例 →他

列挙 れっきょ 名 列舉 →他

要約 ようやく 名 摘要 →他

一般・化 いっぱん・か 名 概括、泛論 →他

類似 るいじ 名 類似、相似 →自

例え たとえ 名 比喻、譬喻

いわば 也可說是

韓国・語 かんこく・ご 韓語

親戚 しんせき 名 親戚

近い ちかい イ 近似

両者 りょうしゃ 名 二者

語順 ごじゅん 名 詞序

助詞 じょし 名 助詞

働き はたらき 名 功能

主語 しゅご 名 主詞

～の・ほかに 除~之外

数え方 かぞえかた 算法

敬語 けいご 名 敬語

～に・似た N ～に・にた N 近似~的（＋名詞）、像~的（＋名詞)

p.69

登る のぼる 自 攀登、攀爬

不・可能 ふ・かのう ナ 不可能的

将来 しょうらい 將來、未來

スタント・マン 名 替身演員

残酷 ざんこく ナ 殘酷的、殘忍的

絶対・に ぜったい・に 副 絕對地

星 ほし 名 星星

詩 し 名 詩篇

いつか 某一天、有朝一日

宇宙・人 うちゅう・じん 名 外星人

行動・力 こうどう・りょく 名 行動能力

あわて者 あわてもの 名 冒失鬼

ロマンチスト 名 浪漫的人、羅曼蒂克的人

観念・的 かんねん・てき ナ 觀念性的、抽象的

現実・的 げんじつ・てき ナ 切合實際的

大・きらい だい・きらい ナ 最討厭的、最討人厭的

どろぼう どろぼう 名 小偷、竊賊

捕まえる つかまえる 他 逮捕

刑事 けいじ 名 刑警

p.70

寅次郎 とらじろう 寅次郎 [男子名]

夢 ゆめ 名 夢想

つまらない イ 無趣的

悩む なやむ 自 憂慮、煩惱

楽しみ たのしみ 名 樂趣

正義・感 せいぎ・かん 名 正義感

大胆 だいたん ナ 大膽、勇敢

勇気 ゆうき 名 勇氣

木・のぼり き・のぼり 爬樹

泳ぎ およぎ 名 游泳

留守番 るすばん 名 看家、留守

かわいい イ 可愛的

命令 めいれい 名 命令 →他

怒る おこる 自 憤怒、生氣

したがう 自 服從

引っかく ひっかく 他 抓、搔

かみつく 他 咬

p.71

(あなた) 自身 じしん 接尾 (你) 自己

睡眠 すいみん 名 睡眠

変化 へんか 名 變化 →自

平日 へいじつ 名 平日

割合 わりあい 名 比率

～に・まで 直到~ cf.4時までに 到4點前。

減る へる 自 減少

大学・進学・率 だいがく・しんがく・りつ 大學升學率

浪人 ろうにん 名 大學重考生 →自

含む ふくむ 他 包括

p.72

特に とくに 副 特別是

女子 じょし 名 女生

生活・程度 せいかつ・ていど 生活水準

半数 はんすう 名 半數

自然 しぜん 名 自然 →ナ

産業 さんぎょう 名 產業

芸術 げいじゅつ 名 藝術

スポーツ 名 運動

112

述べる のべる 敘述

〔15〕

p.73

賛成 さんせい 名 贊成 →自

反対 はんたい 名 反對 →自

引用 いんよう 名 引用 →他

語る かたる 他 表示、描述

指摘・する してき・する 他 指出 →名

(～と）結論・する けつろん・する 自 做（～）
　　結論 →名

容認 ようにん 名 容許、接受 →他

主張 しゅちょう 名 主張 →他

否定・する ひてい・する 他 否定 →名

別表 べっぴょう 名 另表、附表

参考・する さんしょう・する 他 參考、參照 →
　　名

指摘 してき 名 指摘 →他

解釈 かいしゃく 名 解釋 →他

帰結 きけつ 名 結果 →自

そういうわけで 因爲上述原因

比較 ひかく 名 比較 →他

～と肩を並べる ～とかたをならべる ～與～並列

本物 ほんもの 名 貨真價實

総務・省 そうむ・しょう 總務省（主管公眾管
　　理、房地產、郵電事務的日本政府機關）

国際・比較 こくさい・ひかく 國際間的比較

統計 とうけい 名 統計

GDP ジー・ディー・ピー 名 國內生產毛額
　　(GDP: Gross Domestic Product)

一、二位 いち、に・い 第一、第二名

争う あらそう 他 角逐

レベル 名 程度、水準、水平

上昇・する じょうしょう・する 自 提昇、升高
　　→名

中流・意識 ちゅうりゅう・いしき 中產階級意識

経済・力 けいざい・りょく 名 經濟影響力、經
　　濟能力

国際・経済 こくさい・けいざい 國際經濟

重要 じゅうよう ナ 重要的

役割 やくわり 名 角色

担う になう 他 擔任

実際・に じっさい・に 副 實際上

国民 こくみん 名 國民、人民

生活・費 せいかつ・ひ 生活費

労働・時間 ろうどう・じかん 工作時間

狭い せまい イ 狹窄的、狹小的

相変わらず あいかわらず 依舊

不満 ふまん 名 不滿、不平 →ナ

抱く いだく 他 懷抱 不滿を抱く 心懷不滿

実感・する じっかん・する 他 真實體會 →名

p.74

住宅・価格 じゅうたく・かかく 住宅價格、房價

十分 じゅうぶん ナ 足夠的

面積 めんせき 名 面積

わずか ナ 只有、僅僅

～に・過ぎない ～に・すぎない 只不過～而已

実現・する じつげん・する 自他 實現 →名

今後 こんご 今後

全体 ぜんたい 名 整體

見直す みなおす 他 重新審視、重新評估

改善・する かいぜん・する 他 改善 →名

国内（の） こくない（の） 名 國內（的）

国土・交通・省 こくど・こうつう・しょう 國
　　土交通省（主管國家領土、交通事務的日本
　　政府機關）

p.75

ハンバーガー・店 ハンバーガー・てん 漢堡店

高校・生 こうこう・せい 名 高中生

青少年 せいしょうねん 名 青少年

研究・所 けんきゅう・しょ 名 研究所（研究機
　　構）

所長 しょちょう 名 所長

都内 とない 東京都地區

斉藤（先生） さいとう（せんせい） 齋藤（老
　　師）[姓氏]

禁止 きんし 名 禁止 →他

p.76

～と・違って ～と・ちがって ～與～不同、有別於～

こづかい 名 零用錢、零用金

113

調査 ちょうさ 名 調査 →他

かせぐ 他 掙取、賺取

非行 ひこう 名 不良行為、不正當行為

そういうわけで 因為上述原因、因此

金づかいがあらい 揮霍無度

(~に) つながる 自 與 (~) 有關連

苦労・する くろう・する 自 耗費精神、體力 →名

~に・よって 藉由~ (相當於助詞)

お金って 話体 你所說的錢是指…… (口語的表達方式)

価値 かち 名 價值

責任・感 せきにん・かん 責任感

そだつ 自 培養

遅刻 ちこく 名 遲到 →自

迷惑 めいわく 名 麻煩、困擾 →自

迷惑をかける 添 (他人) 麻煩、造成 (他人) 困擾

身につける みにつける 學會、學到

まあ 這個嘛……

面 めん 名 方面

親子 おやこ 名 親子

根拠 こんきょ 名 根據

p.77

大・部分 だい・ぶぶん 名 大多數、一大部分

(~に) 集中・する しゅうちゅう・する 自 他 集中在 (~) →名

必要以上に ひつよういじょうに 超過需要的、非必要的

危険・性 きけん・せい 名 危險性

話題 わだい 名 話題

大・企業 だい・きぎょう 名 大企業

終身・雇用 しゅうしん・こよう 名 終身雇用

制度 せいど 名 制度

一般・的 いっぱん・てき ナ 一般性的

定年 ていねん 名 退休年齡

年齢 ねんれい 名 年齡

~に・したがって 相当 按照~

給料 きゅうりょう 名 薪水、薪資

(~に) 勤める つとめる 自 (在~) 工作

手当 てあて 名 額外津貼、補助。有津貼、補助

有利 ゆうり ナ 有利的

能力 のうりょく 名 能力

評価・する ひょうか・する 他 評量、評價 →名

職業 しょくぎょう 名 轉換工作、跳槽

転職 てんしょく 名 職業 →自

家事 かじ 名 家事

育児 いくじ 名 育兒

出産・休暇 しゅっさん・きゅうか 名 產假

施設 しせつ 名 設施

p.78

判断・する はんだん・する 他 判斷 →名

環境・汚染 かんきょう・おせん 他 環境污染

個人・的 こじん・てき ナ 個人的

主観・的 しゅかん・てき ナ 主觀的 ←→ 客觀的

我々 われわれ 我們 (書寫用語；或於正式場合發言時使用)

反省・する はんせい・する 他 反省 →名

確か たしか ナ 確實的

情報 じょうほう 名 資訊

~に・基づいて ~に・もとづいて ~根據~

推測・する すいそく・する 他 推測 →名

出発・する しゅっぱつ・する 自 離開、出發 →名

向こう むこう 名 目的地

推理・する すいり・する 他 推論 →名

最後・に さいご・に 副 最後

確信・する かくしん・する 他 深信不疑 →名

得をする とくをする 獲利、得利

事件 じけん 名 事件

犯人 はんにん 名 犯人

当然・性 とうぜん・せい 名 必然性、當然性

強調・する きょうちょう・する 他 強調 →名

等しい ひとしい イ 相等的

普遍・性 ふへん・せい 名 普遍性

断定・する だんてい・する 他 斷定、斷言 →名

回想 かいそう 名 回想 →他

〔16〕

p.79

要約 ようやく 名 梗概、概要 →他

読み・取る よみ・とる 他 讀解

~・文 ~・ぶん ~文

流れ　ながれ　[名]　經過、過程

つかむ　[他]　切中、掌握

まとめる　[他]　歸納、整理

名詞・修飾　めいし・しゅうしょく　名詞修飾、
　　用名詞修飾

指示・語　しじ・ご　指示語

適切　てきせつ　[ナ]　適當的、適切的

手順　てじゅん　[名]　順序、程序

構造　こうぞう　[名]　結構

対比　たいひ　[名]　對比　→[他]

完全　かんぜん　[ナ]　完整的

整理・する　せいり・する　[他]　整理　→[名]

p.80

浮浪・者　ふろう・しゃ　[名]　流浪漢

街　まち　[名]　城鎮

花・売り・娘　はな・うり・むすめ　賣花女

差し出す　さしだす　[他]　拿出

目が見えない　めがみえない　失明

金持ち　かねもち　[名]　有錢人

紳士　しんし　[名]　紳士

心を引かれる　こころをひかれる　被吸引

たった（一枚）　たった（いちまい）　唯一的、
　　僅有的（一張）

銀貨　ぎんか　[名]　銀幣

渡す　わたす　[他]　交給

盲目・の～　もうもく・の～　失明的～

面倒を見る　めんどうをみる　照顧

酔っぱらい　よっぱらい　[名]　醉漢

知り合いになる　しりあいになる　認識、相識

気前がいい　きまえがいい　大方的、慷慨的

大金　たいきん　[名]　鉅款、大筆金錢

さっそく　[副]　立刻、馬上

酔い　よい　[名]　酒醉　酔いがさめる　酒醒

すっかり　[副]　完全地

盗む　ぬすむ　[他]　偷竊、盜取

刑務所　けいむしょ　[名]　監獄

なおす　[他]　治好

花・屋　はな・や　[名]　花店

明るく　あかるく　[副]　心情開朗地

しばらくして　過沒多久

通りかかる　とおりかかる　[自]　經過、路過

まさか……とは思わない　沒想到竟然……

のぞく　[他]　偷窺

同情・する　どうじょう・する　[自]　同情　→[名]

さわる　[他]　碰觸

すべて　[副]　全部　→[名]

理解・する　りかい・する　[他]　了解　→[名]

覚えている　おぼえている　[他]　記得

灯　ひ　[名]　燈

ワープロ　[名]　（＝ワード・プロセッサー）日文
　　文書處理機

そんなに～ない　不那樣

～しているうちに　在做～時

役に立つ　やくにたつ　有用的

気がつく　きがつく　發覺、注意

こうした N　這樣的（＋名詞）

うまく　[副]　順利地

変換・する　へんかん・する　[他]　變換、轉換　→[名]

p.81

まるで～のようだ　有如～一樣、就如～一般

基本・的・に　きほん・てき・に　[副]　基本上

AだけでなくBも　不僅是A連B也

機能　きのう　[名]　功能　→[自]

材料　ざいりょう　[名]　材料

総合・的・に　そうごう・てき・に　[副]　總體性地

計画・する　けいかく・する　[他]　計畫　→[名]

設計・する　せっけい・する　[他]　設計　→[名]

（～に）相当・する　そうとう・する　[自]　相當於
　　（～）　→[名]

現代・生活　げんだい・せいかつ　現代生活

～を・中心にして　～を・ちゅうしんにして　以～
　　爲中心

大別・する　たいべつ・する　[他]　大致分爲　→[名]

視覚・伝達　しかく・でんたつ　視覺傳播

～に・関する　～に・かんする　有關～（相當於助詞）

製品　せいひん　[名]　產品、製品

建築　けんちく　[名]　建築

道路　どうろ　[名]　道路

調和　ちょうわ　[名]　協調性　→[自]

一版　ーばん　……版（接尾語）

現代・用語　げんだい・ようご　現代語彙

基礎・知識 きそ・ちしき 基本知識
愛 あい 名 愛
別れ わかれ 名 分離

p.82
分類 ぶんるい 名 分類 →他
経営・する けいえい・する 他 經營 →名
悲しい かなしい イ 悲傷

p.83
速い はやい イ 快速的

p.84
投書・欄 とうしょ・らん 名 讀者投書欄
JA ジェー・エー Japan Agriculture Cooperatives 日本農業協會
JR ジェー・アール Japan Railways 日本鐵路公司
JRA ジェー・アール・エー Japan Racing Association 日本競賽協會
JT ジェー・ティー Japan Tobacco Inc. 日本菸草公司
JTB ジェー・ティー・ビー Japan Travel Bureau 日本交通公社（日本旅遊協會）
呼称 こしょう 名 名稱
変更・する へんこう・する 他 變更 →名
組織 そしき 名 組織 →他
カタカナ・語 カタカナ・ご 片假名詞彙
軽んじる かろんじる 他 輕視
格好 かっこう 名 外表、外觀
今・風 いま・ふう 名 風尚、時髦、跟得上時代
命名 めいめい 名 命名 →自
外来・語 がいらい・ご 名 外來語
略・語 りゃく・ご 名 簡化語、省略語
得意 とくい ナ 擅長
多用・する たよう・する 他 濫用 →名
原語 げんご 名 語源、原文
~する恐れがある ~するおそれがある 有~之 虞、恐怕會~
ボディコン （＝ボディ・コンシャス） 身體知 覺（Body conscious）
パソコン 名 （＝パーソナル・コンピュータ） 個人電腦
前者 ぜんしゃ 名 前者

後者 こうしゃ 名 後者
略 りゃく 名 簡化 →他
片隅 かたすみ 名 角落
意識・する いしき・する 他 意識到 →名
同時・に どうじ・に 副 同時
削る けずる 他 刪減、省略
略し・方 りゃくし・かた 簡略的方式
プチ・ホテル 名 小旅館（法語 petite ＋英語 hotel）
メルヘンチック ナ 童話故事的（德語 Marchen ＋英語字尾 tic）
ごちゃまぜにする 混合
見かける みかける 他 可見到
固有・の N こゆう・の N 固有的（＋名詞）
モダン ナ 現代的、時髦的
しゃれている 流行的
商品 しょうひん 名 產品、商品
売れ行き うれゆき 名 銷售、銷路
影響・する えいきょう・する 他 影響 →名
思考 しこう 名 思考 →他
根底 こんてい 名 根本
造語 ぞうご 名 造新字（詞）
結合・する けつごう・する 自他 結合、連 結 →名
成田・秀章 なりた・ひであき 成田秀章(男子名)
医師 いし 名 醫師
朝刊 ちょうかん 名 早報、日報
［附録・様々各種表格］

p.85
付録 ふろく 名 附錄
様々 さまざま ナ 各式各樣的、各種的
フォーム 名 表格
場面 ばめん 名 情況
用紙 ようし 名 紙張
記入・する きにゅう・する 他 填寫 →名
紹介・する しょうかい・する 他 介紹 →名
診察 しんさつ 名 診察 →他 診察を受ける 接 受診察
患者 かんじゃ 名 病患
初診・者・カード しょしん・しゃ・カード 初

診者用卡

登録・番号 とうろく・ばんごう （病歷）號碼

手数 てすう 名 麻煩、費事

診療 しんりょう 名 診療 →他

下記・のN かき・のN 以下記載的（＋名詞）

太線・内 ふとせん・ない 粗線框内

事項 じこう 名 事項

生年月日 せいねんがっぴ 名 出生年月日

勤務・先・名 きんむ・さき・めい 服務單位名稱

過去 かこ 名 過去

当院 とういん 本院、本醫院

薬剤 やくざい 名 藥劑

アレルギー 名 過敏

ピリン 比林（比林系藥物之簡稱）

量 りょう 名 量

定期・的 ていき・てき ナ 定期的

保険・証 ほけん・しょう 名 健保卡

受付 うけつけ 名 服務臺

提出・する ていしゅつ・する 他 交出、交給 →名

指定 してい 名 指定 →他

フリガナ 名 注音

表記 ひょうき 名 標注讀音 →他

姓 せい 名 姓氏

名 な 名 名字

一分 ーぶん 一相當於……大小的空間（接尾語）

年号 ねんごう 名 年號

明治 めいじ 明治（西元 1868～1912）

大正 たいしょう 大正（西元 1912～1926）

昭和 しょうわ 昭和（西元 1926～1989）

平成 へいせい 平成（西元 1989～）

なるべく 副 盡可能、儘量

換算 かんさん 名 換算 →他

ただし 但是、可是

文書 ぶんしょ 名 文件

p.86

選択 せんたく 名 選擇 →他

記号 きごう 名 記號

囲む かこむ 他 圈起來

p.87

歯・科 し・か 名 牙科

予診・表 よしん・ひょう 診前問診單

資料 しりょう 名 資料

プライバシー 名 個人隱私

厳守・する げんしゅ・する 他 嚴守 →名

正確・に せいかく・に 副 正確地

虫歯 むしば 名 蛀牙

治療 ちりょう 名 治療 →他

義歯 ぎし 名 假牙

清掃 せいそう 名 清潔 →他

歯・並び は・ならび 名 齒列

矯正・する きょうせい・する 他 矯正 →名

検査 けんさ 名 檢查 →他

おみえになる 蒞臨（「來」的敬語）

歯肉 しにく 名 牙齦

頬 ほお／ほほ 名 臉頰

唇 くちびる 名 嘴唇

顎 あご 名 齒顎

昨・夜 さく・や 昨夜、昨晚

薬品・名 やくひん・めい 名、藥品名稱

ズキズキ痛い ズキズキいたい 抽痛

止む やむ 自 停止

しみる 自 酸痛

歯を抜く はをぬく 拔牙

麻酔 ますい 名 麻醉

注射 ちゅうしゃ 名 注射 →他

異常 いじょう ナ 異常、不正常現象 →名

気分が悪い きぶんがわるい 身體不適、不舒服

発熱 はつねつ 名 發燒 →自

貧血 ひんけつ 名 貧血

めまい 名 頭暈目眩

腫れる はれる 自 腫脹

常用・する じょうよう・する 他 經常使用、常用 →名

副・作用 ふく・さよう 名 副作用

特異 とくい ナ 特殊

体質 たいしつ 名 體質

健康・状態 けんこう・じょうたい 健康狀態

良好 りょうこう ナ 良好

生理・中 せいり・ちゅう 生理期、經期

妊娠・中 にんしん・ちゅう 懷孕期

予め　あらかじめ　副　預先、事先
概算　がいさん　名　概數、大概金額　→他
当てはまる　あてはまる　自　符合、適合
看護・婦　かんご・ふ　名　護士
たずねる　他　詢問

p.89

結婚・披露・宴　けっこん・ひろう・えん　結婚喜宴
招待・状　しょうたい・じょう　名　邀請函、喜帖
返信　へんしん　名　回信
一言　ひとこと　名　（寫）幾句話、隻言片語
書き・添える　かき・そえる　他　多寫上
出席　しゅっせき　名　出席　→自
欠席　けっせき　名　缺席　→自
敬語・表現　けいご・ひょうげん　敬語的表達（尊詞、謙詞）
世話・人　せわ・にん　名　承辦人、負責人、聯絡人
代表・者　だいひょう・しゃ　名　代表人
相手・方　あいて・がた　名　對方

p.91

申込・書　もうしこみ・しょ　名　申請表
太枠　ふとわく　粗線框
指示　しじ　名　指示　→他
勤務・先　きんむ・さき　名　工作單位、服務機關
訂正　ていせい　名　更正、訂正　→他
変更　へんこう　名　變更、異動　→他

p.92

別・の・人　べつ・の・ひと　其他人
口座　こうざ　名　金融帳戶
振り込む　ふりこむ　他　匯入、存入、撥入
振込・依頼・書　ふりこみ・いらい・しょ　匯款單
鉛筆　えんぴつ　名　鉛筆
不可　ふか　名　不可、不能、不允許
太・線　ふと・せん　粗線
強め・に　つよめ・に　副　用力地
受取・人　うけとり・にん　名　受款人
預金・種目　よきん・しゅもく　帳戶種類
口座・番号　こうざ・ばんごう　帳號
記入・相違　きにゅう・そうい　填錯、填寫錯誤

不備　ふび　名　不完整　→ナ
照会　しょうかい　名　照會　→他
遅延・する　ちえん・する　自　延遲　→名
普通（預金）　ふつう（よきん）　一般存款帳戶
当座（預金）　とうざ（よきん）　支票存款帳戶
文書・扱　ぶんしょ・あつかい　信匯
電信・扱　でんしん・あつかい　電匯
金額　きんがく　名　金額
送り・先　おくり・さき　名　對方（受款人）

p.93

履歴・書　りれき・しょ　名　履歷表
満(26)歳　まん(26)さい　滿(26)歲、足(26)歲
本籍　ほんせき　名　永久住址
現・住所　げん・じゅうしょ　名　現址
学歴　がくれき　名　學歷
職歴　しょくれき　名　經歷
職　しょく　名　職業
得る　える　他　謀得、謀取
受験・する　じゅけん・する　他　參加考試　→名
求める　もとめる　他　要求
人柄　ひとがら　名　人格、人品
以下・のＮ　いか・のＮ　以下的（＋名詞）

p.94

日付　ひづけ　名　日期
提出・日　ていしゅつ・び　提交日期
前日　ぜんじつ　名　前一天
外国・籍　がいこく・せき　外國籍
国名　こくめい　名　國名
郵便・番号　ゆうびん・ばんごう　郵遞區號
下宿　げしゅく　名　分租（住在房東家中）　→自
一方　一かた　接尾　……先生（或小姐）轉交
連絡・先　れんらく・さき　聯絡地址、通訊地址
希望・する　きぼう・する　他　希望　→名
自宅　じたく　名　自家
自室　じしつ　自己的房間
呼び出し　よびだし　名　請他人呼叫（接聽）
可能　かのう　ナ　可能
縦４センチ・横３センチ　長4公分寬3公分
撮る　とる　他　拍攝
写る　うつる　自　照在相片上

118

胸 むね [名] 胸部

糊付け・する のりづけ・する [他] 黏貼、貼上 →[名]

固有・名詞 こゆう・めいし [名] 專有名詞

漢・数字 かん・すうじ [名] 中文數字（漢數字）

番地 ばんち [名] 門牌號碼

算用・数字 さんよう・すうじ [名] 阿拉伯數字

項目 こうもく [名] 項目

一毎 ーごと [接尾] 每個……

行を改める 換行

時期 じき [名] 時期

順に じゅんに [副] 依序

職場 しょくば [名] 工作地點

職種 しょくしゅ [名] 職業種類

昇進 しょうしん [名] 升遷 →[自]

退職 たいしょく [名] 退休 →[自]

休職 きゅうしょく [名] 停職 →[自]

明記・する めいき・する [他] 記載 →[名]

学位・取得 がくい・しゅとく 取得學位

賞罰 しょうばつ [名] 賞罰

以上 いじょう [名] 到此結束

添える そえる [他] 添加

免許 めんきょ [名] 執照

資格 しかく [名] 資格

通用・する つうよう・する [自] 通用的、認可的 →[名]

運転・免許 うんてん・めんきょ [名] 駕駛執照

切り替え きりかえ [名] 更新、更換

有効 ゆうこう [ナ] 有效的

得意 とくい [ナ] 擅長的、拿手的

学科 がっか [名] 科目

欄 らん [名] 欄位

興味 きょうみ [名] 興趣

種目・名 しゅもく・めい [名]（運動）種類名稱

志望 しぼう [名] 應徵 →[他]

動機 どうき [名] 動機

意欲 いよく [名] 意願

示す しめす [他] 表示

専門 せんもん [名] 專門、專長 専門を生かす 發揮專長、運用專長。

貴社 きしゃ [名] 貴公司

将来・性 しょうらい・せい [名] 未來性、前瞻性、發展性 この仕事には将来性がある 這項工作很有發展性（前瞻性）

業務・内容 ぎょうむ・ないよう 業務內容、工作內容

最適 さいてき [ナ] 最合適的

既婚 きこん [名] 已婚（←→未婚）

子弟 してい [名] 子女

除く のぞく [他] 除外

続柄 つづきがら [名] 親屬關係

扶養・する ふよう・する [他] 撫養 →[名]

扶養・家族 ふよう・かぞく [名] 撫養親屬

配偶者 はいぐうしゃ [名] 配偶

扶養・義務 ふよう・ぎむ [名] 撫養義務

無職 むしょく [名] 無業

一定・のN いってい・のN 一定的（＋名詞）

年収 ねんしゅう [名] 年薪

保護・者 ほご・しゃ [名] 監護人

保護者・欄 ほごしゃ・らん [名] 監護人欄位

未成年・者 みせいねん・しゃ [名] 未成年者

代筆 だいひつ [名] 代為執筆 →[他]

鉛筆・書き えんぴつ・がき 用鉛筆書寫

書き・損じる かき・そんじる 寫錯

改めて あらためて [副] 再~

インク・消し インク・けし [名] 除墨液（消除原子筆筆跡）

修正・液 しゅうせい・えき [名] 修正液、立可白

封筒 ふうとう [名] 信封

表 おもて [名] 正面↔裏（背面）

履歴書・在中 りれきしょ・ざいちゅう 履歷表在內

◆著者介紹◆

佐 藤 政 光　　明治大學商學部教授
田 中 幸 子　　上智大學外國語學部教授
戶 村 佳 代　　明治大學經營學部教授
池 上 摩 希 子　　中國歸國者定居促進中心日本語講師

HYOUGEN THEME BETSU NIHONGO SAKUBUN NO HOUHOU(RIVISED EDITION)
Written by Masamitsu SATO, Kayo TOMURA,Sachiko TANAKA, Makiko IKEGAMI
©DAISAN SHOBO PUBLISHERS, TOKYO, 2002
All rights reserved.
Originally published in Japan by DAISAN SHOBO PUBLISHERS, Tokyo.
Taiwan translation rights arranged with DAISAN SHOBO PUBLISHERS
trough TOPPAN PRINTING Co., Ltd. and Hohgzu Enterprise Co., Ltd.

・表現主題別・
日本語作文的方法

定價：250元

2005年（民 94年）10月改訂版第一刷
2022年（民111年） 6月改訂版第四刷

著　　　　者：佐藤政光、田中幸子、戶村佳代、池上摩希子
單 字 中 譯：楊　　文　　姬
發 行　　所：鴻 儒 堂 出 版 社
發 行　　人：黃　　成　　業
地　　　　址：台北市中正區博愛路九號五樓之一
電　　　　話：02-2311-3810
傳　　　　真：02-2361-2334
郵 政 劃 撥：0 1 5 5 3 0 0 1
E - m a i l：hjt903@ms25.hinet.net

鴻儒堂出版社設有網頁，歡迎多加利用
網址：http://www.hjtbook.com.tw